金絲猿的故事

◉李渝／著

聯合文叢 780

目次

出版前言

李渝女士，作家、藝術史學者。一九四四年生於重慶，二〇一四年於美國紐約辭世。一九四九年隨家人渡海來臺。臺大外文系畢業，美國柏克萊加州大學中國藝術史博士。李渝創作文類以小說為主，兼及散文、藝術評論與翻譯。一九六〇年代就讀臺大外文系期間，因修習聶華苓「小說與創作」課程而開始寫作，完成第一篇小說〈夏日　滿街的木棉花〉及若干短篇，深受現代主義影響。後赴美求學，期間曾與作家丈夫郭松棻共同參與保釣運動而中斷文學創作。一九八三年以〈江行初雪〉獲《中國時報》小說甄選獎，重返文學隊伍，並陸續發表「溫州街的故事」系列作，後收短篇小說七篇、散文兩篇為一集。《溫州街的故事》展現李渝對於近代史的深切關懷，書寫戰亂流亡的悲愴；白色恐怖、文化大革命裡被政治斲喪的人，細訴一代知識分子落難遷徙的滄桑，在失去的時空裡尋找個人和集體的記憶。此後「溫州街」的巷弄、屋舍、人物，也成為李渝鄉愁之所在及創作靈感的泉源。

及至二〇〇〇年發表唯一一部長篇小說《金絲猿的故事》。書寫一則關於中國西南森林中金絲猿的傳奇，藉由細節描述，將小說昇華至精神層面：金絲猿的傳說看似和退守來臺的將軍並無任何關係，卻在一連串的生活細節堆疊中，抽絲剝繭出當年戰爭過程的真相；二〇一二年大幅修改整本小說「十數遍而不止」，並於後記自作總結：「文學無它，就是文字」。那些瑣碎的、被認為沒有意義的微小之處反而富有其獨特的隱喻美學。

李渝作品量少質精，文字精鍊而多變，小說布局和技藝形式的鍛鑄，兼容高度的現代性和中國傳統藝術凝練之美學，於日常生活點滴中埋伏巨大之情感，借歷史經驗掙脫時空限制，進入普及的生命經驗。

聯合文學於《金絲猿的故事》二十五週年規劃新版，一併推出絕跡書市多年的首部小說集《溫州街的故事》。此為李渝最初與最投入心力之兩部經典，供讀者追索體悟一位卓越小說家滿懷深厚人道主義，追索美學技藝的文學生命。

【引】

傳說

據說在很多年以前，西南偏遠地區，曾經發生過一件真相至今仍不明白的案子，為數近千的居民進入山嶺，失去了蹤影，再也沒見他們出來。

事情是這樣的，叢林蓊鬱，花卉茂郁，水川豐沛，獸鳥繁棲的西南，相傳是天國聖地的所在，留有很多奇妙的故事。據說明末戰亂時期就曾出現聖像，當時人們形成朝拜的隊伍，聚集去了山裡，慶祝盛世的來到。地方政府以亂民造反呈報朝廷，官兵進勦下朝聖人民遭到了殘酷的鎮壓，倖存下來的把神祉埋去地下，而後四散逃亡，發願三百年後再回來故鄉。

三百年很快地過去了，果然如預言所告，聖像再傳覆臨，這又是戰事進行得熾烈的時候，人民聽到了消息，重新感到希望，再一次歡欣鼓舞入了山。

這一去，可就此從世界消失，再不見蹤跡，再不能聯絡。

有人說，他們找到了地點，建立了樂園，就像古時武陵人之於桃源一樣拒絕回來俗世。同意這種看法的認證，確是在山林幽密的地方看到人眾，炊煙從半山腰升起，歌聲迴傳在林深什麼地方，只是再尋下去卻又不見蹤影。還有人相信，眾人是遇見了聖靈，被接去了天國，才從地面消失的。

也有人說，他們莫非重複了和祖先們一樣的命運，被殲滅了。

一、梔子花

一九四九年，馬至堯將軍來到島嶼。一同渡海過來的家人有妹妹馬三小姐，兒子馬懷遠，家僕黃媽和任豐。由僕人帶大的懷遠，這時候是十二、三歲的少年。

一行人由黑色轎車送達長安里的官邸前。

一棟殖民地時期地中海式樓房，白堊土的牆，黛青色的瓦，二樓還有鑲著鏤花鐵欄柵的陽臺，坐落在灰濛濛的日式木屋之間，顯得特別的典雅細緻，出類拔萃。

張司機開門，恭候將軍下了車。

兩排冬杉聳立在青石板過道的兩旁，好似兩排衛隊，筆直引去洛可可風的崁花玻璃門前。推開門，玄關寬敞，灰綠色瓷磚鋪出的是淨爽的地面。隨本地習慣眾人去了鞋，換上涼快的土產草蓆拖鞋。

海洋式拱柱托出正廳屋頂的高度，一盞巨大的水晶燈從中懸掛下來，藉著門口過來的外光，這時正閃爍著星簇似的光芒，給鬱黯的前廳提供了不用開燈也有燈的效果。是的，這一簇星光不但亮起廳堂，也亮起了它底下的一張大地毯。

小心走上去，啊，華貴的波斯地毯，編織著的是圖案中有名的狩獵圖呢。出獵的狂熱時刻被定點和打平在地面，靜止中，隊伍排開永恆的陣勢。典型的小亞細亞薩薩尼風格，凝血一樣的底色上，一名年輕俊美的王公領著勇騎，金冠紅鬃，重複出現，馳騁在婉轉的藤蔓柳枝葡萄，繽紛的丁香百合石榴花叢間，空洞的大廳便顯出了一脈高貴，華麗，肅穆的氣象。

順著S形樓梯往上走，地板在腳下嘰吱，發出陳年橡木的氣味。過道十分陰暗，引去各個臥房。推開門，迎面對牆扇扇蔥綠連續，原來窗外相思長得茂密，正歡布在窗玻璃上，迎接著各位新主人的到臨呢。

走下樓，穿過大廳，穿過廂房，眼前突然明亮了，沿屋的背後修著一道蜿蜒的迴廊，中國庭院風格卻是和前邊歐式建築不同，面對著一園幽深的花木，這時各種蔥蘢的顏色和姿態展現的，正是秋天的最後一陣繁榮。

原屋的主人是在這裡經營了滿足了他對南亞洲的愛慕呢。

花香傳來，濃馥又憂鬱，一時令人迷恍。

什麼花，這秋天的黃昏，開得這麼的沉醉？

眼睛留連過庭園。山棕、葛藤、雲杉、水柳、金柏、銀松、金桂、山茶、相思、忍冬、合歡、草本和木本芙蓉、單瓣和複瓣杜鵑。

一叢梔子就生在廊邊，綠鬱鬱的葉子，滿綴著白色的花朵。

將軍命令除了必要用品和物件，其餘大小箱子不必開，都放到閣樓上去，包括了特別沉重的一支鐵皮箱，裡邊裝著的是過去將軍自己打獲的和別人贈送的獵品。

三小姐已過三十，仍稱小姐，雖然年少時也曾定過婚，就這麼單身一直跟著哥哥。女兒去了南部的黃媽，一生跟隨馬府，情願留下來。任豐本是將軍的隨身勤務兵，現在打理庭園和廚房。總政治部派來的張司機負責將軍的進出，沒事時幫忙做些雜務，兼任的自然是情治工作。

失去戰場，將軍不再有用武之地，空備一身經驗和膽識。總裁體恤將軍半生報效國家，好意讓他休歇休歇，解除了他的軍職，給以高級政務諮詢的頭銜，照享錢餉和特權。

兒子由家僕忠心照顧，自己和妹妹相互伴陪，將軍是個有操守有教養的人，試著適應新環境。寶島天氣暖和，物產豐富，只是有點潮濕，將軍一生跋涉顛簸沒有休閒過，倒是在這兒第一次獲得了安靜的生活。

等待著反攻大陸號角響起的時間，全島軍民同胞同甘共苦修身養息。美國第七艦隊英雄地巡航在海峽，護衛著兩岸的藍天和海水，偶然有防空演習，不過引起稍稍的騷動，去後園的自用防空壕躲一會。那新的戰爭停留在傳聞狀態，遠雷隱隱滾響，卻有待前來。

將軍很喜歡房後的一圈迴廊，從總戰部回官邸，常要在廊上的藤椅坐一會，這時任豐會給他拿來一杯紅葡萄酒和菸斗。菸斗已經清理乾淨並且裝好了將軍喜歡的駱駝牌菸絲。三小姐會下樓來，陪將軍在廊上坐一坐，直到眼前的園子漸次失去了光度。

梔子的香氣總是忠心地伴陪著。

颱風前後，樓房特別潮濕，不知從什麼地方發出肉體腐爛的氣味，好像是死了幾天的老鼠藏在哪裡，還是肉臭了忘記扔，叫人忍不住掩鼻子。任豐和張司機花了一整天的時間搜尋和嗅聞，終於定點來源——閣樓上的那支大鐵皮箱。兩人用了不少力氣把箱子扛下樓，乘太陽天，戴了手套，把藏品一件件拿出來，排列在後園的青石板地上。

象牙、犀角、猴頭、熊皮、虎皮、豹皮、老鷹、鳩翎等等，說什麼有什麼，稀奇珍貴的禽和獸，追逐和殺戮都已經過去了，現在舒舒服服躺在陽光下，面目雖猙獰，神情卻悠閒，眾獸們到底也是獲得了休歇和安寧。

風雨過後，天空特別明亮，空氣裡沁漫著剩餘的水氣，和禽獸毛骨的霉腐氣。翻來覆去曝晒了好幾天，晒得透透的，然後任豐和張司機清理出樓閣一個角落，牆上釘出木板架，把每件東西仔細包紮在塑膠袋裡，陳置在架上，總算控制了氣味。

官邸有喜事；將軍再婚了。

關於自己的第一次婚姻，將軍始終認為未完成。事情是這樣的，原來第一位夫人婚後不久就不見了。

將軍為戰爭而離家，總是在征途上，夫人枯守，愛的對象是抽象。戰爭結束，夫人為理念信仰而出走，輪到將軍枯守，愛的對象則完全失去了。

婚姻停滯在儀式的階段，高音懸在峰頂，戲止在高潮，蒂蕾被急雨打萎，熱情還沒能傾放就變成了殘念，對第一次婚姻，將軍一再有以上一類心情。

這第二次婚姻，要從一個落雨的黃昏說起。

將軍的黑色座車停在十字路口的紅燈前。細雨落在窗玻璃上成絲，一位女子立在雨絲之間，窗這邊的人行道的邊緣。

她朝他的方向轉過頭來，一個面容突然打現在玻璃上，剎時他一驚——將軍以為自己又看見了第一位夫人。

綠燈亮了，一大群腳踏車匆匆從眼前劃過去，剎時切入二十年時間，分開了兩面容顏；將軍醒過來。

她沒拿雨傘。他遲疑著，是不是應該邀她入車，送她一段路？沒設防的記憶突然受到襲擊，將軍深深沉入思索。他的臉上，他的眼睛裡，光開始照耀，一段歷史在昏暗的車廂裡明亮了。

那時戰爭剛轉敗為勝，人人精神振奮，可是空襲更為緊迫了。沒有月亮的城市，一到夜晚就徹底地黑，將軍從來沒有忘記，庭園依山坡營建，在無月的夜裡幽幽地開放著的，也是梔子。

警報剛過去，賓客都疏散了，大廳裡空蕩蕩的，一個人也沒有，將軍沒有跟著大家一起走，獨坐在廳的一角。

百代留聲機兀自轉動，尖細的女聲唱著青春易去的曲子，弦樂在背後委婉地伴奏。啊，是的，騷動著戰爭的春夜，年華在黑暗中無端端蹉跎和逝去的時間，近窗的所在，出現了一個女子。

以後將軍每回想第一次婚姻，都是這側影躞蹀到眼前，當時不明在窗簾的褶縫之間的輪廓線條，由以後的共同生活補足，回憶中，它是如此的清楚。

滑潤的下巴，白皙的耳輪，細密的髮，纖秀的肩、臂、和手。喜歡疊手而坐，斜依在椅一側的姿勢，以及轉過頭來的笑容。

她的身體漸漸後退和隱約，沒入背景，獨有這笑容往前移動，越發清晰生動，閃爍著月似的光暈。

這樣的人，怎麼會去當共產黨呢？

那時節他氣極了，一個能拋棄孩子的母親算是什麼人呢？在家裡又給伺候得好好的，就是戰時也並不受苦，一個女人的生活除了這些還能再要求什麼呢？也許自己長年在外，寂寞了她——可是，在征戰的年代，你是照顧了任務就照顧不了個人的。

面對痛苦，好在人體機能常能自我適應，具備自衛的彈性，達到了某個極點，將軍也會往別的角度去想，試著用戰鬥的方式來處理，把夫人看成為敵方，令人蔑視，必須打擊。他盡量想出兩人的對立面，在氣質上個性上是如何的不相稱，他努力把分離視為當然，不過是時間問題，制止自己繼續追尋原因，不要再去重重複複地思索下去，努力把自己拉出窄角，試著什麼都不再想，就讓憤怒和悲哀侵漫過來，占領身體的每個部門，成為一種精神狀態。

他不得不承認，月似的姿容的後邊，暗影裡隱藏著的志願，是他沒有看見，沒有聽見，也不能想像和了解的。

第一件婚事這樣結束也有好處，夫人從此以不受時間摧蝕，也不被生活磨成平庸的美麗姿容，穩定而持續地存留在記憶的高層次。好在那時戰爭全面爆發，總裁再給以無法由別人承擔的艱難任務，將軍振作起精神，再一次投入了行動。

水晶燈大開，放射出灼曄的光華，照耀著錦簇的出獵圖，地上一片凝血豔紅，長安里的樓房擺下了盛宴。

總戰部特別派來一個小組，幫助處理各種繁瑣事務。玄關排出長桌，鋪上腥紅織錦桌布，灑金軸卷攤開來，毛筆譙滿墨，各位貴賓都要留下大名。

客人獻上祝詞和賀禮，熱情地寒暄招呼，大家隨意或站或坐，侍者輪番送過來各式飲料。久不見的朋友遇見了，新朋友介紹了。開懷的對話，爽朗的笑語，煙香裊繞，熱氣騰騰，喜氣洋溢，燈盞間，張張面孔泛著油光和笑容，真是說不盡的歡樂和諧繁榮，這大江南北的黨國精英一時又聚在一處了。

掌聲在一邊譁然響起，人人轉過頭，那是樓梯的方向，千呼萬喚中，兩位新人出現了。

新娘典雅秀麗，不愧為聲樂藝術家。將軍神貌奕奕，正是年屆不惑的矍鑠姿容，一身戎裝畢挺，越發襯托出中年的穩健，是的，這將近四分之一世紀的差距，突顯的並非歲數的長幼，而是精神上的更成熟。賓客發出嘆息，嘖嘖讚美，英武和秀麗，陽剛和纖柔，軍政與藝術，不作二人想的天作之合，大家都為之傾倒了。

其中熟知將軍的老朋友們倒是暗暗都吃了一驚，看見第二位夫人，以為第一位夫人又回來了眼前。

兩位都是這麼的美好，還較量著誰更接近完美呢，然而第二位夫人影射第一位夫人，身軀內除了自己以外還有第一位夫人，因此也就內容更豐滿，意義更多層了。

我們生活中的發生無非有兩種。一種由於機緣和偶然，嶄新地出現了；一種是曾經發生過的事物的重複或持續，其實是舊事，無所謂發生。我們依熟悉感生活，例如在婚姻、職業、人際關係的持續上。熟悉感不具創意和熱情，然而在平庸平淡中倒也十分安然安全，人間許多所謂美好或幸福關係的本質莫不過如此；將軍的再婚，似乎屬於這後一種。

第二次婚姻，他小心得多，重獲過去時光，將軍對待夫人如同對待記憶一樣的溫柔而謹慎。第二位夫人的出現使他覺得和第一位夫人重會了，和好了，愛情再現了，中斷了的計劃有了後續的機會。他的心情煥然一新，拿出重新做人的決心，希望這一次可以順利成功，有頭有尾，就像吵架的夫妻總以為可以再開始，再來過，具有著既然還有愛，破壞了也無妨的樂觀態度。

戰爭給於人的快感比不上愛情給於人的。誰說過，唯有愛情帶來的幸福才是真正的幸福，從第一次失敗，將軍是切齒地感受到了這一點。

將軍坐在一角，喜歡看夫人從這間屋子走到另一間屋子，喜歡看她的側影映在牆上，壁上，玻璃窗上。喜歡看她手疊著手放在膝頭，靜靜地靠著椅子側坐著。只要看見夫人，將軍一瞬間就能和過去取得聯繫。遲暮的年紀和心情，對待女兒一樣地對待她，總覺得她太瘦，時常問她餓不餓，要任豐和黃媽照顧夫人的口味，出門時候總叮嚀，老覺得她穿得不夠暖和，要張司機隨伺在側，別迷路了，別太晚回來了。

將軍憐愛的究竟是第一夫人，還是第二夫人？是要在第二位夫人身上彌補對第一位夫人的遺憾麼？本來不愛說話的將軍變得有點嘮嘮叨叨了。

傳下三小姐備車的吩咐，三小姐要去重慶南路的布莊看看。喜歡自己做衣服的三小姐，手工比外邊的裁縫還細緻呢。

生活悠閒，將軍要感謝總裁的特別照顧，政委職位可以由自己決定工作時間表，為反攻大陸重建山河提出明智的籌劃，在家裡思索也無妨。第二年，夫人生下女兒，為了記誌安寧生活，將軍給名懷寧。這時同父異母的哥哥懷遠已經長大，雋美溫和善良，和鄰近教堂的一位西班牙神父學起大提琴。

婚後的將軍越發愛惜自己的身體，生活規律如舊，這一點，就是在逆境時也不曾改動，現在清晨又添加了一項劍術鍛鍊。

天朦朧亮將軍就起身了，先在自己的臥房梳理整潔，下樓來。

先扶著迴廊的欄杆舒活舒活肢體，然後走下青石板的臺階，在沾著露珠的花木前的空地上，操舞起一把灼灼的寶劍。劍光凜洌，招數俐落，身手矯健，颯然成風，看得廚房裡的任豐和黃媽敬佩無比，對馬家充滿了信心。

將軍上樓沖完了澡再下來，早餐已經擺在迴廊上了。

任豐做點心有一手，翻毛餡餅烘得尤其好。

翻毛要做在用油卻讓人覺得不用油，咬在口裡鬆鬆軟軟又滑潤得了不得的結上，這皮和餡全是食譜沒法教會的功夫，端看手感、觸覺、經驗和天分。不知是經過了怎樣不可思議的步驟，當任豐的水晶玫瑰加沙酥餅出爐時，那真是生活的幸福時刻吶。

一個個通體雪白，皮層輕得像羽絨，薄得似粉箋，從外到內沒一層糾葛，戰前老正興的翻毛能做到十五、六層，任豐的翻毛能一層層數到二十五、六層，足足多上了十幾層，而且是桌子動一下，人說話大聲一點，就會自己顫顫起酥，簌簌地像雪花一樣掉皮的。

而那玫瑰餡，可是用整粒的核桃，過濾得比綢子還滑溜的山楂和金棗泥，和在青梅水中浸過的新鮮玫瑰花瓣調製的，各樣先得細細焙炒到沒一點火氣，分量搭配攪拌恰到勻淨，再放進那麼一小勺純花蜜。酥鬆的皮層和柔潤的餡子放入口，甜中淡淡提醒著酸，還沒上齒就化了，一種清香軟糯，甜腴芬芳，是只有吃過的人才能體味到糕點藝術的極致是什麼的。這種北方點心平常只能農曆六、七月玫瑰花開時吃一季新鮮，可是托寶島四季常春，玫瑰常開的福，卻是想吃就有得吃，任豐每每有機會表現這門精妙的手藝，也總是欣然中充滿了驕傲的。

任豐和黃媽都是克盡職守的人，為了酥餅，一個是清晨誰都還沒起床，就在天邊月牙底下的玫瑰花叢間尋尋覓覓了，一個是麻雀還沒叫，黃狗還在巷口的電線桿旁溜蕩，就提著菜籃出門的，以後現代化有了冰箱，二人也不改變這作業習慣。

將軍練劍，嚴守規格，兢業又抖擻。廚房中黃媽和任豐作活，也一步步仔細來，絕不馬虎。我們可以說，雙方在面對生活上，都具有著勤勞扎實認真的戰後精神。

懷寧匆匆下樓，廚房裡熱氣喧騰，洋溢著烘餅的香味。

「得吃早點的。」黃媽說。

「帶一個在路上吃吧。」任豐說。

還沒碰就酥了的東西，怎麼個帶法？

「那麼好歹放個在口裡，」任豐說，遞過來一個：「回頭會餓的。」

「一餓妳上課就會打瞌睡，書就念不好。」黃媽對什麼事都有不疑不改的意見，不過腳踏車的前輪不理她已經推出了後門的門檻了。

「等等，大小姐，」任豐趕上來：「飯盒別忘了！」

接過來布包，裹得緊緊的，不必和同學們的一起放入便當籃中給抬入廚房，就留放在書包裡，到了十二點鐘拿出來也還是熱飯熱菜，無須引頸等待著便當籃子再從蒸飯房抬回來，又得擠在人堆中尋找，更不會有找不到的莫大的焦慮。

星期天的早晨，懷寧倒是喜歡衣角兜著兩個剛出爐的酥餅，坐去庭院芭蕉樹旁的石階上。

她喜歡用拇指和食指拈開一層層的餅皮，擱在舌尖，像吃糖片還是冰花似的，用口水來融化它。這麼一片一片不慌不忙地吃盡了外皮以後，再張大了口，把那透明的蜜紅色的軟軟潤潤的餡子整朵放進口裡，也由它自己在舌上細細地融化了，在篩著陽光的寬敞的芭蕉葉影下，享受著溢口的芳甜，和禮拜天早上的悠悠時光。

不經意落下了一裙兜的皮屑，拿著裙角抖一抖，就讓它像落花一樣留在庭院的泥地上罷。

濃燴豐潤人氣洋溢的廚房，生活的基礎，人間的樂土，世界的中心吶。

五點鐘，將軍從政務所回來，換上家居服，坐到迴廊上。夫人在身邊不遠的另一張椅裡也坐下來，彷彿是外出過的模樣。

「去了哪？」將軍拿起手中的酒杯。到了政治部以後，總叫張司機把車再駛回家，供夫人使用。

說是去上了聲樂課，夫人側過來身子。

將軍伸出手，輕輕撫摸著對方的頭額，一根髮，繞在了自己的指頭。收回手，髮不經意地脫離了手指。

夕陽中，不再是髮，是一根金絲，飄揚和飄揚和尋覓，梔子花引頸等待，綻開花瓣一層層，金絲落在了蕊心。

纖秀但俐落，溫和卻堅決，相反相成的兩種特質同時具備，落著的雨絲裡將軍對夫人的第一眼印象，始終是後來的共同生活中，以及存留在記憶裡的對夫人的印象。前者莫不是因為身瘦，可是配搭著合宜的衣著打扮，夫人的瘦並不崎嶙，反讓人覺得格外的婉約清秀。

今天夫人身上穿著的是一件淡色的夏衣。

已經是夏天了麼？

啊，這是一種什麼顏色呢？

說它是白不是白，是綠不是綠，梔子的托葉要蛻變成花蕾的顏色，正襯托出夫人幾近透明的膚色。夫人的瘦，也不像別人那樣的乾澀，你看她姿勢柔和地舒展在椅上的，不是人體，是一片晚空，一截流水，一朵雲。她的臉，在黃昏的餘光裡，便透露出泉水似的明淨清亮，和拒絕同流合汙的倔強。

無論是舉手投足或坐或站，尤其是在靜止的時候，夫人周身便生出一種光暈，把她疏離出周圍的噪雜庸碌，使她存在於不是過去，也不是現在或未來，而是無法定義的時光。

通過了以上這些光與影，懷寧接觸和了解著母親。每每同學們在中午吃便當的時間，愛談說的母女間的趣事瑣聞，親暱的人子關係，或者日常碎細，於她是不存在的。她也曾羨慕嚮往過，寂寞過，然而當青春期的憂鬱隨年齡而過去，她反而感到她所持有的，不但不是欠缺，還是種贈禮。

別人的關係始終蹉跎在碌碌的家務事上，人世的平庸紛雜裡，她的畢竟要超過了俗務，上升，而和光影同層次，和時間同進行。

是的，不是靠外在的活動，而是以內在的敏感，且依光陰為媒體，她和母親，父親，以及哥哥懷遠接觸，與他們建立了密切的關係。

就這樣，通常在黃昏的迴廊和梔子的晚香中，兩人這天見第一次面。夫人會告訴將軍白天去了哪兒，看了誰，做了些什麼。如果買了些什麼新東西，或穿戴在身上或拿玩在手裡，總要將軍也一起看看可合適歡喜。

容顏透露著青春的滋潤和純潔，夫人這麼高興，將軍也高興起來了。

年少時的熱情都給了戰爭，蹉躪了愛情，現在愛情就在身邊，熱情卻已經消失，可是將軍也並不遺憾或苦澀，反而在恬靜和一種隱約的悲傷裡領受著夫人的單純和美麗，感受到了更深的幸福。

哥哥懷遠依父親的意思在大學念法律，念得很不帶勁，大提琴卻拉得越來越好了。

這是自己出生前後的時間，懷寧記得母親如果不是和父親坐在黃昏的廊上，就是留在樓上自己的房間裡。

歌聲從樓上傳下來，原來女聲樂家在練嗓音了。

細細的高音，婉轉清麗，可惜音量稍不足，倒像是什麼貓兒唱出來的。

自從與君相聚，兩情歡愉，蜜意憐愛纏綿，不懼年華盡。只怕烏雲無知遮月，
但為悅君意，愛心呼喚頻頻。

天暗了，庭園失去光澤，藤椅裡的背影昏昏暈暈。對話喁喁，新月升起。悠悠地從二樓傳來大提琴的練習曲，婉轉優美流利。

月光明淨照耀，琴聲和月光一同流入每個空間，整棟樓房晃漾在無法述說的柔情裡。

因為這歌聲和琴聲，後來懷寧總能在各個關節上，原諒了母親和哥哥。

晚光斜斜照進了庭園，留連在冬青和芭蕉上，拂落在青石臺階上，羊齒上，和梔子花上。

花心泛起黃顏色。是映入了黃昏呢，還是快要謝了呢？一種萎靡的，闌珊的，狎暱的，從心底裡泛出來的慵慵懶懶的黃顏色。

將軍手握著酒杯，不知怎麼心裡生出了一隻手，順著腸胃抓上來，掐住了腔道。

滯悶的感覺。或是下午吃了什麼不合宜，他想。一會後，卻又覺得不是腸胃，而是心胸一帶滯重，胸口沉沉地阻塞著。

仰頭，飲下餘酒，用這口酒把它按捺下去。

是的，將軍心裡明白，不是腸胃，不是臟腑，也不是黃昏開始涼，該加件衣服了，是多少年以前封鎖在心的底層，並且嚴密鎮守著的悲哀和空虛，現在換做另一種形式，蠢蠢欲動了。

他警覺起來，站起身，叫喚黃媽，要她把屋裡的燈都打開。

晚飯後張委員訪，言語無趣，一時忘記了黃昏的事。第二天他照常坐在迴廊。

庭園逐漸陰暗。

如同埋伏在夜裡等待出擊的敵人，那隻手，又從體內蠕伸出來，摸索著腸胃的內壁，順著管道匍匐前進，步步潛移，不一會就推進壓迫到胸腔。行動得這樣快捷，將軍失防，一股悵然湧上來，落入了昏暗的陷阱。

從多種掩飾，阻撓，壓制下，封藏的真相曝現。是的，經歷百戰的將軍明白，你用種種行動來抗衡虛無，用行動接續行動來制約虛無，用成就來否定虛無，都是沒有用的。

將軍一陣恐懼，起身，把椅子往後推，在廊沿站了一會，走下臺階，在石徑上蹀躞了一會，做了幾次深呼吸，回到屋裡，「任豐！任豐！」向廚房的方向他提高聲音，「早點開飯！」

將軍不敢輕易再一個人面對黃昏，他改變習慣，在這段日夜不接，心神衰弱，意志踟躕猶豫的時間，改拿一本書，坐在廳房的靠椅上閱讀。

放在書櫃裡的線裝書，從側邊黃進了頁心，脆薄得一觸就要碎的模樣，翻閱時手得特別輕。他低聲念著，想起多年前讀這本書，還是在行旅中，歐陽文忠公的耿介氣度處處透露在詞句間，常能教給他做人的道理並且帶來鼓勵。

喁喁的讀書聲，一個字接著一個字，低低地從口中發出，如同囈語，將軍停下來，突然感到廳室安靜極了。

一點聲音也沒有，一個人也沒有。

夫人和三小姐可能在樓上，懷遠和懷寧也許還沒從學校回來，任豐和張司機不知在裡外的哪裡。平日坐在迴廊，背對著房子，把屋內的一切都拋在椅背後，從未留意到，原來樓房是這樣的空洞和寂寞。

玄關的門誰忘了關，半開半掩，從這裡斜望過去，遠遠那頭鬱暗的前庭地面逗留著一塊不願離去的光，水晶燈借光幽幽閃爍。自己坐在的角落，身邊的檯燈因夜來而變亮了。

將軍收回精神，努力再念下去。

第二頁，翻過去，昏昏地有了睡意。在矮墊上伸直了腿，攏了攏肩上的夾襖，一會後，畢竟是睡著了。

黑沉沉的水，看不見邊岸，水裡浮沉著無數的手臂，推擠著，撩抓著，密密麻麻地爭先恐後，掙扎著，簇擁到腳前，他嚇得往後退縮，驚醒過來，手心冒出了汗。

背後一陣悉窣，懷寧放學回家，從後門進來，躡著手腳，從將軍椅背後邊輕輕上了樓。

玄關拖鞋排列整齊，瓷磚閃著光輝，今晚有牌局。

第一位到來的是民意代表汪仁德先生。以文人修養稱著的汪公今天穿著中式長衫，愈發顯得德高望重，又頗適合立秋的天氣。

汪公和將軍是鄉誼，早早在淪陷前就買下了民意代表的職位，此後只要偶然到中山堂打個轉，投下神聖的一票，一輩子什麼事不幹也照享優渥的生活。作為牌友汪公最令人心儀，他總能隨請隨到，要打幾圈就打幾圈，時間上比誰都悠遊充裕。

「請坐一會，就來了。」三小姐說的是另兩位牌友。

謝陳麗英女士，三小姐的高中同學，嫁入豪門以後今日儼然已是謝氏基金會會長，同時又主持國家某婦女協會，擔負著文化推廣及女性福利方面的工作，體態雖然稍嫌沉重，仍能穿著三寸高跟鞋不喘氣不駝背，頭髮永遠像剛從「紅玫瑰」做出來似的，健勁的模樣確實為今日女強人樹立了先鋒典範。不過謝陳女士聲明自己仍是以夫君為先為重的，你看姓上不是冠著夫姓嗎，稱呼她若是忘了加夫姓她可是不依的。

任教名大學的吳慕賢教授，另一位牌友，則是當今思想文化界的權威，一本《中國哲學概論》提出政經建設和儒家思想的一體和互補性，極為當局所重，學術地位非等閒，不久就要應聘美國某著名大學，負起發揚儒學於世界的責任了。

才跨出車門，將軍就聽見屋裡的譁笑聲，若是平日，總叫他皺起眉頭。不愛出門的妹妹，平日鮮有社交，打牌還是由他鼓勵，牌友由他約請的，然而家中一有牌局總叫人忍不住懊惱。

奇怪的是，今天卻有些不同，還在玄關脫鞋，從客廳傳來的譁聲竟使他一時感到了輕鬆。

「回來了回來了。」牌友聚會，平日見人有點靦腆的三小姐也會開朗起來。眾人紛紛熱情相應，將軍跟各位問了安，上樓換了便服再下來。

「近日寫了條橫幅，正好帶在身邊，要請您指點指點。」汪公從印著機關金字的黑色公事包裡拿出一張紙，鋪開在面前的茶几上。

「真是愈發精進了。」將軍禮貌地恭維。

「這『衰』字用得好。」吳教授讚美。

原來紙上寫著一行「秋高風衰，鄉關千里遠」。

是的，將軍禮貌地接口。

「還是沉吟了好一會才定局的，蒙你賞讚，就送上補壁吧。」汪公大方地說。

「什麼時候也給我來一幅？」吳教授笑著湊上來。

這會將軍不尋常地加入了談話，大家都感到很榮幸。

「今天陪我們打幾圈吧。」謝陳女士說。將軍竟答應了。

「呵，這可難得。」吳教授說，汪公應接上來，「可不是，好極了好極了。」

大家一齊笑開了。

誰說過，無非是犧牲了私密而又誠實的自我，用偽善來替代，就是所謂社交友誼了。現在看著這一圈談笑風生，前邊的話是有了多麼生動的例據呀。只是用在我們中國人身上，這話又說得不夠貼切，原來華夏民族從來就不屑這叫做什麼「自我」的無趣無用的東西的，我們可是裡外都是真實地虛偽著，虛偽得誠懇極了，一點都不假呢。我們可沒什麼內心隱密這檔事，你沒看見，在臥室客廳飯店車廂街道等等無所不在的地方，每每甚至只有兩個人講話，我們都是通情達理笑容可掬聲振四方地說著，好像面對一群人宣講一樣，可沒什麼細語傾訴的興致呢。

將軍陪大家打了兩圈牌，覺得情緒還算平穩，放了心，等吳教授胡了一副後站起來，把位子讓給坐在身旁做夢家的三小姐。也是因為鄭隊長來了。

鄭永成隊長，曾為將軍貼身侍從官，過去跟隨身邊出生入死，是將軍的子弟心腹，在困境中總能給以最忠誠最有效的助援。

「我們廊上去坐吧。」將軍說。

鄭隊長常住南部，北上時不忘過來看望老長官。雖然不常來官府，然而一來總是受到將軍特別的款待。

「花開了嗎？」將軍問。

「花開了。」鄭隊長回答。

什麼花開了？原來是後者經營的果園的花開了。

退役以後，鄭隊長和幾位鄉誼合資買下了一小片山地，試驗大陸性水果在島嶼生長的可能。

「這陣子的天氣真暖和，有希望嗎？」將軍問。

「只是雨來得太早太急。」鄭隊長說：「也熱得太快，花苞未綻就落，開後不能及時傳粉是個問題。」

鄭隊長個性果敢，做事謹慎敏捷，是人人皆知的。

「妳看隊長的鼻子長得怎樣？」邊剝著豌豆的任豐問懷寧。

的確，鄭隊長的臉骨比誰都挺拔，從顎眉下來，刀磋一般，沒有一點停頓和糾結，各面倔立，鼻如旌旗，唇的線條不彎不曲，和前者形成一個倒丁字形，托著黝黑平緊的皮膚，一種嚴正的相貌充滿了紀律感，非一般人能比擬。

「最後一戰，靠大隊長救了一命呢。」任豐壓低聲音說。

夕陽在廊前漸漸暗淡，藤椅裡的背影昏恍了，然而果園的事還沒說完。

「還記得春天的時候，臨莊花開的景象？」

「可不是，滿山坡一片胭脂紅，好看。」

啊，是的，農曆三月底的時候，那片桃林的花苞在一夜雨後突然全部都開了，初啟不過是淺淺的水紅色，給太陽越照越豔，終究綻放出的是一片胭脂紅。花落後，結一種白皮的蜜桃，白中又透紅，香味濃郁芬芳，剝開果皮，肉色如玉，清香撲鼻不用說，又桃汁充盈，欲滴而不落，一入口全化為蜜漿，這是曾被選為貢品的名種呢。

「我這半路改行，都得從頭摸索起。」鄭隊長說。

隊長謙虛了，誰不知道，鄭家世代掌管馬府的那一片果園，種植桃、李、杏、桔、柚、栗等，不下數十種。經營園地數百畝，供給了不但將軍一家的食用，還有臨莊一年四季的市場需要，將軍家族財源很大一部分都是來自這果園的。

「殺人不眨眼呢。」任豐說。

「捉到了共產黨，就地正法沒二話，逃兵給抓回來，也一樣當場槍斃。」黃媽把刀在砧板上剁得哆哆響。

懷寧一邊吃著煎餅一邊越發起敬，在反共抗俄的年代，心中充滿了凜然。

一陣風吹起了，落下幾片葉子，飄在迴廊的地板上，一片卡在了縫裡，隨風唆唆地打旋。將軍從椅裡站起來，「入夜了，進屋去吧。」

三小姐摸到一張牌，考慮著。

「妳大小姐的出牌快慢我們可得打到半夜了。」謝陳女士說。

「深思熟慮，深思熟慮。」汪公頭頂的地中海閃閃聚焦在日光燈底下。

「想必一定在做大牌呢。」吳教授說。

「打到幾時都無妨，馬將軍家的點心可是聞名遐邇的。」汪公說。

這話說得倒實在，當時的城市，美而廉、波麗路、明星等，只會做不中不西的西點，普一、菊水軒、冠生園還沒上路，純正的中式點心真還沒人趕得上任豐呢。

三小姐突然僵直了背脊，手指緊緊捏著牌，紅暈飛上臉，原來鄭隊長進來房間，站在了自己身邊。

鄭隊長也來圈吧，眾人熱絡地招呼。三小姐覺得桌邊熱了起來。「嗨，怎麼還不打哪。」謝陳女士用閃著鑽戒的手指輕輕彈打三小姐的手背。

「你給三妹看看吧。」將軍說。

「我是不懂牌的。」鄭隊長說。

三小姐的臉更紅了，把手裡捏著的一張畏縮地放到了桌中央。儒學大師翻倒牌，就等這張一條龍！三小姐從茶食碟上拈起一顆瓜子，咬在上下唇間，因為咬著瓜子而血流暫止的唇，照在低低的燈下，越發得青白了。除了幾個牌友，三小姐的社交和愛情生活都近於零。

將軍對麻將本無興趣，自從恐懼黃昏的毛病出現，在日光還沒有完全消失，夜還沒有完全到來的時際，竟反常地期待起人聲和腳步聲，說話聲，等待著牌局，若是開晚了，也會和三小姐一樣的惶惶然。

十三張牌依次拿到眼前，築成碉壘的形式和戰鬥的程式。摸一張，打一張，吃或碰，攻與守，逐牌爭鬥，沉著應戰，背陣頑抗，增調反撲，全線猛攻，勝負決定，算計成果，稍事生息，然後推倒原有的防線，再次建築工事，新的戰役又開始。重複進行，周而復始，無終無止。

出牌的聲音，推倒牌的聲音，洗牌的聲音，穿過沒有人的廳房，順著S形的樓梯，梯板發出陳年橡木的氣味和輕微的呻吟，光線一級一級在腳下弱去，走上黑摸摸的二樓的過道，呻吟停止，停步在黝暗的門前。

推開門，扇扇綠色迎面，相思的葉子嗦嗦地撥撩著窗扉。

你把耳朵貼上這邊屋裡的牆，傾聽。

石灰的牆壁貼著有點涼。

在另一隻耳朵裡，樓下的牌聲變得遙遠了，海水開始沖刷著灘地，河水拍打著岸堤，嘩嘩地湧過來又退回去。再細聽，更像是人眾在殺伐，搏鬥在進行，一排士兵洶湧過來，槍聲密集，衝鋒和陷陣，彈藥爆炸，肉體橫飛，壕溝給掀開，防牆轟地坍倒了。

順著S形的樓梯旋轉著下樓。

穿過昏黯的正廳，經過昏黯的書房，廂房，從過道的這頭出來，終究由迴廊讓進室外的光線，拉出隨身的影子，斜長地移動在身邊的牆上。

傳來一陣燉雞湯的香。

推開廚房的門，熱騰騰的煙氣迎面撲來臉上。

黃媽在水槽邊洗菜，任豐弓背掀著鍋蓋用勺攪著，頭埋在從鍋裡冒出來的白煙裡。白煙往上翻捲，迷茫了你的視線。

生蔥的香味，薑和蒜的香味，料酒，米醋，麻油，辣油，八角，花椒，茴香的香味，紅棗，黃耆，白果，肉桂，丁香的香味，杏仁，金針，木耳，香菇，江瑤柱，九層塔的香味，無數計的白色的手臂從鍋裡冒出來，旋舞著上升。從窗外黃昏伸進來金色的手臂，親熱地擁接摟抱。

時緊時緩，時密時疏，緩和疏的時間，你看見哥哥懷遠坐在那頭的窗前。

法蘭西式落地玻璃長窗上正盛放著米白色的梔子，桃紅色豔紅色和紫紅色的杜鵑，火紅色的合歡，湖綠色的棕櫚，灰綠色的相思，碧綠的美人蕉，翠綠的羊齒，墨綠的葛藤，金色的夕陽一片鎏鍍，千百種顏色交融匯織，展開壁畫的景勢，香氣令人迷醉，一碗雞湯冒著熱氣，正放在他面前的桌子上。

側身閱讀的懷遠，這時已長成為聰穎俊秀敏銳的青年，契訶夫小說裡一樣的人物。

「要去哪裡？」麻將桌上將軍問。

「去看場電影。」夫人說。

「什麼電影？」將軍問。

「《翠堤春曉》聽說好看得很。」謝陳女士接口。

「什麼電影院？誰陪妳去？」將軍問。

「懷遠沒事。」

「吃了飯沒有？」將軍問。「不餓。」夫人回答。

「早點回來。」將軍輕輕拍了拍夫人擱在牌桌一角的手，「就讓老張在戲院外頭等著妳。」

黑色的轎車已經停在大門口了，兩人一前一後坐進了車廂，由張司機關好門。他們從巷子出來，開上羅斯福路，上個月才裝好的兩排鎂光街燈還在測試階段，淡淡的水紅色燈光融化在黃昏的郁黃色的光線中，整條街都染成了桃紅色。車到西門町時遠遠就看見戲院門口的長隊了，想不到看電影的人這麼多。如果張司機一時不在，夫人就會叫黃媽到巷口把老林的三輪車叫過來，關照電影散場時再讓張司機去接。

他們看完電影回來，往往別人都還在牌桌上，依夫人的意思他們的晚飯或宵夜就開在廚房，黃媽和任豐的走動洗刷間。

夫人和懷遠的口味跟將軍不太一樣，後者喜歡簡單的食物，可是味要夠鹹夠辣夠熗，諸如新鮮的小紅辣椒，不去子，整顆加蒜頭爆炒，很快地起鍋。或者生榨菜洗乾淨了，冷開水過一道，用手撕成小塊——是的，不可用刀切，得手撕，再滴幾滴純麻油，其他菜式可以不備，這兩樣小菜不能少。

患有輕度氣喘的懷遠必須迴避辛辣，坐去了飯桌的另一頭，選擇清淡的食物，愛吃的是煨鯽魚。那時的魚市場以海水魚為多，淡水鯽魚不常有，見到了鮮肥的，黃媽必定要買好幾條回來。

沒有油膩的煎炸手續，準備工作倒有點費事。你得先用整隻老雞熬好高湯，薑和蒜去皮，青蔥洗淨，芫荽取葉，嫩筍剝到心，以上佐料一律切絲，長短粗細都得整齊，金華火腿則削成肥瘦夾花的薄片。

魚身先煸過，佐料一一分別淺油爆香，高湯滾開時汆入魚，按顏色在魚身上齊鋪半熟的佐料，留出芫荽和蔥絲，扣緊蓋鍋改小火燜，不一時就香氣撲鼻，令人垂涎了，這時揭蓋放二青，起鍋時快溜一勺黑醋。

夫人夾了魚尾給懷遠，魚頭給懷寧。今天是活魚現宰，魚肉質地的滑嫩潤腴，味道的濃燴鮮美是不必說的了。

可是鯽魚總是刺太多，雖然給母親警惕著，已經來不及，細細一根卡在了喉裡，乍時不覺得，一吞嚥就隱隱地刺痛，越嚥則越痛，懷寧僵直了脖子，臉通紅。

「整團下去！」任豐弄來一勺白飯。

沒用。弄了團更大的，「別嚼別嚼！」任豐說，「嚼開就不成了。」

仍舊無效。黃媽拿過來一小碗醋：「就著我的手喝！」

一隻手執碗在嘴前，另隻手壓制在頸後，不容周旋退縮。衝鼻的酸味。

飯桌上其他兩位人士都停住了筷子，非常關切急救過程。

「怎麼，正跟妳說著刺多呢。」夫人細聲責備女兒。

懷寧額頭冒出汗，眼眶裡開始淚水打轉。

「別逼她，讓她歇一會，再想別的辦法吧。」哥哥說。

懷遠倒是很會吃魚的，每根刺都吐得出，連骨和翅也一截不折，整條魚吃完，魚架整整齊齊像圖案一般陳列在青花瓷碟上。

一曲歌經過了門，經過了過道，進入房，裊繞著，進入了另一間房，穿過穿堂，來到迴廊。

自從與君相聚，難得芳心傾露，歡曲融蜜訴，情夢成真，青春無虛度。

春天將去，樹香隱約，你仔細地呼吸，就能察覺。梔子的花苞結得早極了，萌出這麼小小的一撮綠，隱匿藏在托葉裡，你還以為不過就是葉芽呢。

雨停了，陽光變成流體，光影晃動，季節開始交替，羊齒萌發抽長，一一釋放幽閉的部門，棉被變得濕潤了，僵硬的肢體柔軟了，液體開始流動，是在這時候，一個愛情故事開始了。

蔥鬱的庭園，綠光晃動如生滿綠藻的海洋，羊齒抽長，披著金色細毛的柄和莖膨脹，到達夜空，譁然張開，屏列出羽狀的深裂葉身，邊沿反捲，葉莖渾圓。風細細穿行相思，叢葉搖曳，起伏推迎，乍現樹心。在那裡，一對愛人抱得緊緊的。夜把人體漂洗得這麼白，倒像是兩塊手絹被人遺忘在樹頂，綣纏得不能離分。

蕨葉的齒牙顫抖了。

不，不是人體，不是手絹，是兩隻白色的鴿子在留連，不是迷了路就是還不要回家。

潮濕的夜，床褥開始燥熱，梔子的花瓣掀開，露出黃白色的蕊心。這麼萎靡倦懶的顏色，吐出沉溺在肉體裡的氣味。

將軍擱上書，放回桌面，搓了搓臉，披上椅背的外衣，從迴廊的這一頭走下來。園徑曲折，青石板路一塊接一塊前引，將軍止步，停在二樓的窗下。

燈還開著。

抬起頭，迎接撒下如碎花如雪花如星光的燈光。白紗窗簾靜悄悄垂著。沒有一點動靜，一點懷疑，一點陰謀。

暗香浮動，月光朦朧，在月光下做的事都應該被原諒，因為，它們是這樣的敏感這樣的純潔這樣的誠懇，這樣不計後果地嘗試超升。

夫人坐在廊上給懷遠剪指甲。

「這麼大的人了。」將軍用絨條通著菸斗柄，不以為然。

「自己的指甲自己是剪不著的，不是麼。」夫人說。

將軍搖了搖頭，菸斗放在口中，啵啵地試吸了一口。

夫人替懷遠剪頭髮。

「為何不去理髮店？」將軍又發出疑問，吐出一口煙。脫離了菸斗，煙像白色的手指裊娜在庭院的金黃色的空間。

「理髮店回來總是頭皮癢的。」懷遠說。

從這裡望過去，廊那端正在剪頭髮的兩個人實在像極了。啊，是的，我們不要忘記，懷遠跟母親第一夫人是很像的，而第二夫人又跟第一夫人是很像的。外貌的相似為他們提供了保護色，一隻褐色的蟬依附在皺結的樹皮上，綠色的蜥蜴趴伏在綠葉上，形成隱身的同體；他們做事都在人面前，言行端正，一點曖昧都沒有，更像母子姊弟，有什麼要去懷疑的呢？

耳靠近牆，傾聽，沒有聲音。壁虎唧唧，惋嘆昨夜失去的半截尾巴。誰從樓梯上來，一級級往這邊走來？木板開始唧吱呻吟。

腳步在房門前停住。門被推開。

「還不睡，已經一點鐘了。」黃媽說。

「睡覺要緊，書明天看也一樣的。」

「妳要是再不睡，明早不叫妳了。」

哼，明天有最可恨的數學考試。

黃媽摸索著下樓，地板又唧吱呻吟，然後，世界再歸於寧靜。

愛情本來就是需要禁忌來餵養的，不是麼？越無法得到愛就越渴望愛，越受到壓迫就越愛得熾烈。焦慮產生懸疑，懸疑產生神祕感，神祕感產生無比的魅力。肉體的接觸固然被禁止，沒什麼要緊，也無須追求。真正愛著的人，一句話語，一個姿勢，偶然的動作，一個眼神，坐在身邊，隱約傳來呼吸，迷醉的體溫，衣角撮擦，肩與肩搓磨，手指尖碰到了，快感穿過身體，手和腳都熱起來，心的悸動直達痙攣性的頻率，感官和感覺體系同時酥麻癱軟。

寂寞沉悶的戰後時期，熱情被儲藏和沉積，醞釀著，經過戰爭的人等待著另一場戰爭，不曾經過戰爭的人等待著一件欲死欲活的愛情。

多少世紀以來，人們不曾停止過對愛情的定義和詠歌，把它說成是，新月、晨曦、初春、清風、陽光、希望、泉水、甜歌、甜夢倩影、盛開的花、綠色的樹林、野地的篝火、心靈的瓊漿、瑰麗的園景、神祕的交談、驚跳的心、心房裡一陣可愛的鈴聲、神魂顛倒、腸胃翻騰。

可是別忘了，它也給說成是，寂寞的心房、凍僵了的手、畏縮憂鬱的眼神、神經錯亂、靈魂吃了鳩藥、冬天、寒夜、窗上的冷雨、森林悄然、花園凋零、灰燼熄滅、童年失去、浪費時間、謊言、難題、泥濘、拷桎、地窖呢。

愛情要求相屬互愛，無非出於自私，不求互屬的愛情無法稱以名目，給以內容，更偏執更不易叫人了解。世界上是否真有違背常理——別說倫常了——不要求報答，不具備慾望的愛情呢？有人說，人類不過大致分為二類，或善於鬥爭或善於愛情。善於鬥爭的無法處理愛情。善於愛情的無法從事爭鬥。誰要打算兩者俱有而兼得，鐵定會出事，世界上所有的傻瓜笨蛋輸家敗者烈士，莫非都是掙扎在二者之間的第三種人。

愛情的世界太複雜了，怎麼說也說不清，我們還是回來將軍的身世吧。

在黨國體系的傾軋和總裁的嚴督之間攀升到將帥的位置，且能在大敗後完身而退，安然於島嶼，將軍自然是有著過人的智慧和不凡的才能的。關於人間的輸贏成敗詐傾出賣等，將軍遠謀深算，鬥爭經驗豐富，現在隨在兩人身旁坐在廊的另一端，他的鷹眼裡看見的，心中忖度著的是什麼呢？一再向我們昭示的愛情的天堂和地獄，思路敏捷如將軍者難道會不明白？然而對於夫人和懷遠的活動從不見他示以警告，訴之於行動加之以阻止，反倒像在庇護和縱容似的？難道是將軍終究明白了自己屬於前述第一種人，無法處理愛情，於是派出懷遠如精銳如尖兵，俊美聰穎如少年的自己，與愛情一戰，或有攫勝的把握？

哎，我們又提用戰爭的意思了。殘暴的戰爭把一切驅向零，怎能與愛情比擬呢？

將軍一向頭腦清楚思路敏捷意志堅決，行動剛毅沉穩果斷，早就由總裁看出不可多得的良將品質，收在麾下左右手，交付了無法給予別人的艱難任務，總裁對他的寵信是無人能比的。然而自從來到島嶼以後，將軍的舉止和性情與以前大不相同起來，究竟什麼緣故導致了將軍的改變呢？是因為戰役告歇，沒有戰場再發揮而心灰意冷了？是因為一生征戰，屢屢受傷，現在年紀大了體能畢竟衰弱了？或是將軍戰場上看盡生死，識透虛妄，於是一切都不再計較了？還是，只不過是第一次婚姻的教訓太慘痛，於是培養了第二次的謹慎和寬容？

究竟是怎樣的過去經驗造成了現在的情況，而使將軍表現得如此曖昧含糊，令人不解呢？是否有不曾記錄歷史的真相，不為人知的內情，不能告訴的心事，移動了他的心志？我們都記得很清楚，他原是個能嚴守職責，擔當不可能的任務，以意志決定命運，在關頭上絕不軟手，殺人不眨眼的強人哪。

我們推測和臆想，希望在將軍身上找出一些端倪，我們進一步仔細觀察，發現了——

哎，坐在廊上藤椅中的將軍無視於周遭的發生，什麼線索都不提供給我們，自己一個人，懵懂在心神的惝恍裡，一個人，早就脫離了我們，沉陷去另一個世界了。

第二次婚姻重複第一次的結局，損失還更慘重，當第二位夫人出現時，那一種令人吃驚的與第一位夫人的神似貌合，明顯地預兆了悲劇重複的可能，我們都在擔心了，將軍怎麼卻是一點警惕都沒有的呢？

這可要從將軍的五十大壽說起。

將軍年屆佳壽，同袍舊屬們都覺得難得，要為將軍好好地慶祝一下。將軍本是辭謝的，然而人生達到所謂知天命的階段也不容易，回想過去檢討現在，雖然不是件件事都理想，然而和其他人的遭遇相比，還算是可以的，給大夥們一再簇擁，也就同意了。

對於祝壽的事，沒有人比任豐更興奮的，一個多月前就為筵席的菜式而著急了。將軍選下淮菜最著名的沁春園，其餘事務則要任豐全權管理。任豐和沁春園的大廚張師傅擬定了一個選單，每天朝思暮想完美的搭配，連夢裡也在斟酌，又親自到飯店的廚房去勘察了好幾回，細節總是不放心。

「香菇木耳得整朵，淡菜厚比拇指，蓮藕沒鏽疵，立秋的新發筍。」

「你老大放心，我們用的可都是原產上品，當季的鮮貨。」張師傅開始煩。

「還有呢，」任豐說，「餚肉用前腿，獅子頭三肥七瘦，乾絲粗細不過厘，高湯得用老母雞文火燉二點鐘。」

筵席前兩天，張師傅說再給意見就不好辦事了，不願再遷就，任豐才嘆了口氣，回來自家的廚房，坐在小板凳上跟黃媽謗罵沁春園。

一九六〇年某月某日，將軍不會忘記的一個日子，任豐和黃媽透早就起來了，大家各就各位加緊準備。老夥伴們說是要來幫忙的，任豐興奮地盼著，果然清早就陸續來人了。多是淪陷後第一次再見面，算算劫後餘生，在島嶼各自為生存而奮鬥，再見面的熱烈以後，不免也令人唏噓呢。然而重逢畢竟是人生樂事，又遇到難得的好日子，何況今天忙得很，裡外都有工作，大夥收拾起心情，捲起袖頭，一同再攜手幹活吧。

車輛和人潮川流不息，喜氣再一次來到長安里。前庭設下接待處，負責簽名和收禮。凡是花籃花圈等一律靠前庭過道兩邊和玄關的兩壁擺放，凡是金額一律收齊後將捐送慈善機構。

水晶燈大開，各處明燈點上，大廳照耀得晶瑩剔透，出獵圖再一次發出凝血的曄光。

總統府送來總裁親署「嘉樂延年」的壽匾，三軍總司令屆海陸空各司令派出專員送來賀儀。各院部會首長各地各界祝頌壽屏壽幛密密都懸掛上牆。金鼎銀盾、玉石器玩、祝壽圖、郵票集錦、蝶翼貼圖、畫像、名家山水，各種喜頌善禱等都滿鋪在長桌。

來客們中，穿軍裝的多是現職人員，穿西裝的多是政府官員，穿便服的則是去了職的過去同僚或部下。將軍自己穿著一件新訂做的鐵灰色嗶嘰呢中山裝，還是三小姐帶了懷寧去衡陽路的鴻祥布莊為他特別選購的料子呢。

「哪有歲數的樣子，了不起！」孫司令笑著說。

「體貌健碩，神采奕奕！」程將軍笑著說。

「保養得好，保養得好。」趙參謀湊上前來。

「瞧您這氣色，年輕小伙子都比不上！」王委員接過說。

「老驥伏櫪，是志在千里吧？」錢團長說完哈哈大笑，周圍人聽著也都笑將起來。

大門口一陣騷動，有人進來報告，桂總司令來了。

桂正泉總司令曾與馬至堯將軍同屬淮南戰區，曾經彼此照顧一齊度過許多險難時光，憑著他高超的軍政能力，遷移島嶼後今日仍據高職，現在走進大廳，修整的戎裝和胸前的輝煌勛章托出他的威武儀容，眾人不覺都自動地讓開。

這邊馬將軍急步迎上前來。

「兄弟高壽了。」桂將軍伸出手。

「你還是老樣子。」將軍打量幾年沒見面的老戰友。

「哪的話，怎能不老。」桂將軍熱情地拍著將軍的肩。

「不老，」將軍也手擁對方，「一點不老！」兩位袍澤彼此環抱，朗朗地齊聲笑起來。

「想不到這承平時間過得比打仗還快，一晃眼就是好幾年。」桂將軍說。

「抗戰打日本鬼子也不過八年呢。」將軍說。

請老戰友在正廳坐好，將軍親自斟上白蘭地。

「任內一切都好吧？」將軍問。

「復建工作，人事複雜，比打仗還難。」桂將軍嘆口氣。

說話間，桂將軍身邊已經簇擁來自動引介的人眾了，以後二人拾起話頭仍時時被打斷。這也難怪，平日誰能這麼輕易地見到桂總司令的。將軍放棄了與老友一抒舊懷的可能。

筵席開始了，將軍請桂將軍上座，大家隨著紛紛入席。

先一巡酒，恭祝壽星公長命百歲壽比南山，再互祝健康快樂進步成功。然後上菜。

多麼豐盛的宴席呀，讓我們隨意來記述幾道菜式吧——冷盤有遍地錦、水晶餚蹄等，熱炒有碧螺鮮蝦、雙味猷蚌、龍鳳朝祥等，燴品有八仙進壽、金疊銀鉤、百花盅、剔骨香妃鴨等，素碟有竹笙百合、清水芙蓉、翡翠如意、白玉藏珍等，最後一道五色彩餾全魚，和鮮爽無比的萬蝶撲泉大湯，為饌席帶來了完美的總結。

一盤盤一盅盅一碟碟，悅目的顏色，濃燴的香氣，擺滿了桌子不留空隙，嘗到口裡，哎，那滋味可真要叫人忍不住地連聲讚好。

酒過三巡，面紅耳熱，禮數已過，氣氛越發暢快了。

「還記得打仗的日子麼。」一位放下酒杯說。

「怎麼不記得。」一位應答。

「怎麼會忘記。」另一位接口。

「還記得千疊嶺那一戰？」

「有誰不記得。」一位說。

「有誰能忘記？」另一位說。

「那一戰打得可真壯烈。」

「可不是，打得可真英雄哪。」一位接口。

「那時節，長江一帶各處進行著大戰，敵我兩方的命運就要決定。」

「南段的攻勢上，千疊正是重點。」

「被編入剿軍第二十五軍的我們，奉令鎮守在山顛，執行的可是阻遏敵軍南下的重任。」

「子弟兵們從小跟著將軍長大，個個都是年輕又剽悍的戰士，在將軍的率領下，打過不知多少次硬仗呢。」

「夥伴們都明白任務的重要，如今布陣在碉堡戰壕裡，擔負著保家衛國的責任，越發精神抖擻志氣高昂。」

「敵軍緊貼火線那邊，總戰區的命令是，以守為重，對方若不發動進攻，我們不主動攻擊，目的是要牽制敵人，保衛南方。」

「記得拂曉時分，敵人兩路重兵圍進，直指千疊，攻勢逼近山麓，野炮已經射到坡上。」

「弟兄們據守崗位，磨槍擦掌，嚴陣以待。」

「敵方炮火漫天漫地，日夜不停，煙硝塵土騰空。」

「真是不見天日，一片火海，遍地都成焦土。」

「連東西方位都給轟得不見了。」

「火網密集，彈榴炮，高射炮，重機槍，都用上了。」

「我們作出就是犧牲也得完成任務的準備。」

「弟兄們據點嚴守，竭力延長對峙時間。」

「我們依靠三面依山，一面臨水的地勢力抗，敵人像蝗蟲一樣密麻攻來，情勢危急。」

「這時將軍體恤子弟兵，急電總剿部要求准許撤退部分員兵，轉移水南，好讓團軍留點種子。」

「吃緊消息傳來，」屬於桂將軍系統的一位說，「長官立刻不作二想，即時挑選精英，組成騎隊，親自率領，星夜趕程，翻山南下，黎明時趕到。」

「我們聽到援軍來了，大為振作，」馬將軍這邊的人說，「長官立刻召集敢死隊，實行逆襲，衝進敵陣，人自為戰，奮力突圍。」

「我們這邊在敵人背後排開側攻陣勢，救援助陣。」桂將軍這邊的人說。

「子彈用完了就用大刀，用刺刀，一刀刀砍過去刺過去。」

「敵人沒有料到這最後五分鐘的奮戰，左右被截成兩段，不得相顧，情勢大變。」

「要不是兄弟軍密切協同，救援及時趕來，後果不堪設想。」一位說。

「我們以少勝多，同心合力，終於取得了勝利！」

馬將軍體系和桂將軍體系下的客人交嘆戰場上的風雲驟變，相濡以沫，同時舉起杯。

「那一戰打得是驚天動地山河變色。」

「那一戰打得是精彩輝煌照耀古今。」

「那一戰真是決定性的一戰。」

「那一戰真是取得了重大成果的一戰。」

「那一戰真是難忘的一戰。」

大夥一同回記，互相輔助，增減修動，追究細節，重建故事，舊日時光以比它原來更強的聲勢，更緊湊的情節，更鮮明的景觀重現。眾人驚喜嘆息感傷，有時低頭沉思，有時開懷暢笑，在各種激動裡重歷過去，於是一次又一次舉杯，互助生命情懷，主客都盡歡了。

還得趕回南部去，桂將軍起身告辭，馬將軍一路相送，來到前庭終於可以說幾句知己話。

「兄弟修身養性固然能避事，蟄伏太久也容易消人志氣，還是走動走動的好。」桂將軍一邊戴上手套一邊說。

「三十年戎馬，走動得也夠了。」將軍說。

「什麼時候下來，到南部看看，南方人情樸實，氣氛多少不一樣。」

「聽說南部反倒沒這裡潮濕呢。」

「暖和得很，對我這種北地人來說，真是一種奢侈。你下來，在我那裡住段時間。」桂將軍發出邀請。「帶著夫人一起過來。鳳凰木開花的時候，一片火紅色，煞是好看呢。」

兩人緊緊再握手，相互祝福並約再見面。將軍親自為老戰友打開驕車的後門。紅色的尾燈閃出巷子，一盞路燈靜靜地照下來，半程被月光截住，燈光融化了。月光皎潔，屋舍和巷面如水如銀，屋瓦閃著青瓷的光澤。

桂將軍的出現，掀開了記憶，一些曾有的事情和感思，經過了時間，如同置放在燈光的那一頭，臨近又遙遠，清楚又模糊，甜蜜又哀傷。

笑聲譁響在身後，隔著距離聽來像陣陣的風聲，水聲，江水擊打著崖岸，衝鋒陷陣在吶喊，殺戮在呼嘯。

戰爭已經過去了，喧聲隨戰爭一同消失，承平時代，餛飩的木梆替代了號聲，在鄰巷敲著，兩重一輕，把時間分隔成寂寞的段落。面對巷子，如同面對著另一個世界，一個隱祕的國度，比巷子更恍惚更昏黯。

狹長又鬱黯的甬道，聲音呼喚著，從無底的沼地傳過來，一位中了埋伏的戰友，一位受到極刑的袍澤，一位離失的愛人，向他訴說著與他有關的遭遇。

一時將軍忘記自己身在何處，一陣驚惶從心底蠢蠢湧上，他突然猶豫——是留在門檻的這邊，還是回應那喚聲，跨過門檻，跨進他們那裡去，由他們帶走呢？

耳邊傳來呼叫，他回轉身，原來是侍衛在背後提醒。

首長賓客們都走了，留下的都是過去的老部下老同事，便不拘俗節，開懷暢飲起來，任豐和張司機也被邀上桌。「大家都多喝幾杯吧。」將軍說。

「今天這酒席辦得真不簡單。」一位夥伴替任豐斟滿了酒：「太豐盛了。自從來了此地，還沒吃過這麼好的。」

「這輩子都沒吃過這麼好的呢。」一位說。

「這些年，虧得有任豐照料。」將軍說。

一下子任豐的臉漲得通紅。老長官這可是在大夥面前親自說了謝謝的話，真要叫人當場罩不住了。任豐站起來，向將軍敬杯，一仰頭，咕嘟一聲盡了酒，大夥都叫好。

杯盤逐漸狼籍，話語開始豪放。

「總爺，」一位也立正舉酒：「您一路照顧我們無人能比，一定要賞杯酒。」

「如果不是總爺帶我們過來，一路提扶，現在我們哪能安身在此。」另一位說。

突然一位年紀較大的刷地也站了起來，猛行軍禮，大聲說：「請總爺帶我們回家！」

是的是的，大家連聲響應，頓時場面更熱烈了。

「我也等著這一天呢。」將軍說。

席間停了喧鬧，等待將軍說下去。將軍從座位起身，拿起酒杯：「讓我們為這天——」

喉頭竟有點哽咽起來——「讓我們為這天——」他重新來過，「為這天，敬禮。」他把酒杯舉到齊目的地方，靠仰頭飲酒的動作，掩飾了自己的失態。

微醺，半躺在書房的長椅上，從門縫傳來大廳那邊部下們的笑談聲，如同安眠的吟哼，竟睡著了。

一座樹林，高高地聳入天空。月光和星光。瞄準。每槍都中第，梭梭地打斷了打落了枝葉，打中了野獸。可是又都再站起來，重新長回來，又都復活了。晶亮的眼睛，活潑的姿態，沒有臉面的野獸，不知名的種類，一個個跟隨在身旁身後，形成大王的隊伍，神氣又熱鬧。

任豐說，「好，從現在起，看誰還能再喝，看誰還能支撐。」說著自己又斟滿了酒。

「您老日日有美色相伴，自然不同凡響。」一位開始言語有味。美色是誰，難道是黃媽嗎？

「手藝這麼巧，原來手上有滑膩的摸。」大家都譁笑起來。

任豐漲紅了臉：「天地良心，我任豐這輩子沒做過虧心事，沒占過人便宜！」

「不過說說而已，又沒叫你坦白。」大家越發不放。

「你們算老幾，我任豐追隨長官的時候，你們還不知在哪裡吃奶呢。」

「是的是的，您大哥資格老功業高，一點也不含糊，來，再敬你一杯。」

任豐欣然接受敬酒，高興地又盡了底。

「倒是準備了一道點心給你們助興。」任豐站起來，進去廚房。這是任豐對沁春園的示威，也是對弟兄夥伴們的情意。蒸籠熱騰騰地雙手端上來，揭開籠蓋——任豐做了道什麼點心呢？

啊，雪白的丸子像寶寶一樣一律排列在荷葉上，每個周身豐圓剔透，面上撒著金黃色的桂花，正中點著一滴紅印，太漂亮了，真叫人捨不得吃呢。才咬下第一口，大家又止不住接聲讚，原來餡裡放了一粒從淨板油煉出來的豬油丁，蒸時遇熱融到餡料裡，香腴不用說了，那種入口即化的滋味和口感簡直美得讓人心軟！那時代，上好的南貨都在城西邊，其實用普通紅豆做成豆沙替代也無妨的，可是為了這正宗棗泥餡，早早幾天以前任豐就擠了零南路，又換了幾趟車，去了遠遠的城那頭的迪化街。粗人的手，竟能做出這等精緻得連豪華飯館也做不出的風味，確實證明了任豐粗中有細的個性呢！

良日盛宴，歡樂的情境難以完全描述，碟盤交響，酒爵相觸發出悅耳的共鳴。大夥的心情都很接近，許多意思都表達在笑謔中。人生倏忽，總要盡情享受這一刻，過去和未來都放去一邊吧。

吃著吃著，氣氛竟有點傷感起來。唉，一位嘆了口氣：

「記得棗泥酥餅，是東大街的悅來居做的最到家的。」

「記得那店老闆娘，白淨白淨的，一雙鳳眼可不老實。」

「你可是自己不老實——」大家又都樂了起來。

「那陣子學兵隊操練完沒事，都擠到對門的大樹下坐去，假裝擦槍歇腳抽菸，就想多留一會，給那雙鳳眼瞧瞧。」

「那是戰役還沒開打的日子。」

「那時都不過二十一、二歲。」

「還不到二十歲，不過十來歲。」

「睡硬板子床，吃糙米飯，唱無敵將軍歌。」

「那段日子可真是又新鮮又結實。」

「那段日子可真是無憂無慮。」

「那段日子，還記得跟長官打獵麼？」

「怎麼不記得。」

「怎麼會忘的？」

「春陽晴雪，牛角號聲，狗叫聲，人聲，坡野叢林一片翻騰。」

「還記得打金絲猿？」

「怎會不記得。」

「怎會忘記的。」

「金絲猿，真有這種東西？」顯然沒跟上獵隊的一位說。

「嗨，你可真沒見過世面哪。」老經驗的說。

「金絲猿，」一位說：「人間的至寶，一身金光閃閃，像是披著一件金大氅。」

「從頭披到腰，威威嚴嚴，王公一樣。」另一位同意。

「有這等好看的？」沒見識的人有點懷疑。

「還用說，剝下來能賣好幾塊大洋呢。」

「喜歡在高樹攀跳，輕巧如飛。」

「能預知氣候，報雷雨。」

「還會唱歌，人唱一樣，悠亮悠亮的。」

「比人唱還好聽。一聲含九音，人哪能比得上？」

「嘴角還會笑，也跟人一樣。」

「聚守成性，長幼有序，往來幾百隻的隊伍都不離散的。」

「領頭的猴王見到情況，就會高聲呼嘯通告大夥，一齊行動，不讓落單。」

「朝猴隊的中間放槍。」

「朝中間？為什麼？」沒狩獵過的又問。

「前後警衛都是體壯機靈的猴子，那老弱的幼小的走不動的，都放在中間衛護著。」

「可不是，你就盡往隊伍的中間打。」老經驗的同意。

「給打中了，別的都會聚攏過來擁簇過來，都不走了。」

「拚了命也不自己逃的。」

「這時候，樹林陣陣抖擻，樹葉嗖嗖下落，一林子都翻騰起來，這裡那裡都是嚎叫。」

「為了把敵人嚇走，要救給打中了的，落了隊的。」

「這時候，樹頂林梢突然閃出點點金光。」

「可不是，原來眾猴聚集，要來救援了。」

「樹頂突然飛出歘歘金光，煞是好看。」

「聚滙在一處，飛躍成一片，可真是奇象。」

「彙集成整片整片的光，夢裡一樣。」

「要是你能打下一隻，逮住了，拿到眼前，可又有件稀奇事。」

「什麼稀奇事？」錯失機會的又問。

「嗨，」老經驗的拍了一下腿，「那還說，猴臉唄？藍色的。」

「藍色的臉？」

「是的，藍顏色的臉。」

群獸追隨在身後，簇擁在身邊，熱熱鬧鬧的，將軍在夢裡心裡一陣安慰，睡得更沉了。

隊伍加長，夜變得深沉，森林繼續蔓延搖晃，看不見了前路，那焦灼又隱約蠕動，待機欲發，果然一張臉從天而降，迎面撲來，就在眼前，藍色的臉，將軍嚇了一跳，醒過來。

書桌上的燈還開著，一點聲音也沒有。客人也許都走了，家人都睡了。一隻蛾子在燈下飛舞，扇動著翅膀，窸窸嗟嗟地。將軍把自己從沙發裡拉坐起來，感到一陣昏旋。酒喝多了點，他想。

大廳仍舊雪亮，不見一個人，若是都走了，為什麼不關燈呢？也許是特地留給自己照明的吧。平日夜讀後或就留在書房裡睡，從不曾注意這些枝節，現在靜默的空間奇異得很，好像置身在一座沒有邊際的，通明又透澈的虛空裡。

一個將要進行審判的殿堂，沒有判官，照明就是無形的判官。雪亮的空間無法隱瞞，身體的每一種形狀，結構，和姿勢，每一種組織和細節，每一個念頭，每一件行動，從軀體的表層到內裡，從物質到精神，從意識到潛意識，都給照得無法掩藏，炯炯見底，坦白地現出了真相。

鐘鎚搖擺，秒針錚然移動，以堅持，冷峻，不可妥協的節奏。又高又長的窗簾垂掛下來，阻擋了脫逃的機會，掩遮了正在進行的私審和私刑。

將軍一陣惶懼，午夜是不能醒來的，這心智最虛弱的時刻。他摸索著上樓。

懷遠的房門口透出了一線光。

還沒睡麼？平常總直走過去，不去擾他，現在站在房門口，突然有進去一看的慾望。

抬起手，輕輕地敲了兩下門。

沒有人應。門卻隨手開了。

檯燈亮著，床是空的。家裡請客人多，不愛熱鬧的懷遠想必又是避開了。

桌上擺著一張紙，寫著兩三行句子，他拿起來。

把夜晚看成是白天的歸宿，把黎明看成是再生。
你已為我準備好行程，使我能輕裝遠行，身懷愛慕心，不畏懼過去和未來，
過不羈的生活。

奇怪的句子，是抄錄誰的，還是自己寫的？

他把紙放回桌面，留在原來的樣子，拉開前邊的抽屜。

空空的抽屜，只放著一張照片。

拿著湊近桌燈。眼鏡忘在了樓下，他瞇起眼睛——

穿著預備軍官制服的半身照，和少年的自己像極了。青春過去得多麼地快速和不覺察。

突然，他覺得和懷遠從來沒有這樣地親近過。

幾個小時以後，他才明白，平日躲著不愛說話的懷遠，是以這張照片，這頁文字，和他告別呢。

很多年以後，當將軍再回來這一時間，他才明白，懷遠對父親的他的身世的認識，和從這認識得到了啟示和警惕，從而對父親充滿了感激的心情，原來是藉著這幾行文字訴說了一切的。

這樣的領悟在以後的日子，畢竟使他原諒了懷遠和他自己。

夫人的床也是空的，她還在樓下麼？晚宴的時候夫人周旋在賓客們的酒幌間，他看見她臉上飛閃著紅暈和笑容。

什麼時候夫人離開了宴席？什麼時候眼前不見了她？

或者和懷遠一同去看電影了吧——他一陣驚，竟是自然地把兩人想在一處了。

鐘鎚繼續以冷峻的金屬移動聲推進，指在黎明的時間；在書房被夢魘纏擾時，事情正在發生。

後來他回想這截時間，最清晰的記憶便是磨蹭在黎明的前和後。

他記得他把張司機叫醒，坐進黑色的驕車，往黑夜裡駛去。他要張司機開去夫人常去的電影院，按著平日載她的里程。

黑暗的街，黑暗的城市。沒有人，沒有邊緣和無法界範的黑暗，黑暗凝結在他的心裡，一層層地壓迫著，全身沉澱成黑暗，成為黑暗王國的核心。

他多麼希望當他在樓梯口往下看鐘的時候，針能指在十二點，或一點，電影散場的時間。他所看到的時間接近黎明；他的心驟然發冷，往下沉，一瞬時他就明白發生了什麼事，感到了絕望。

是的，結局不明，透露著轉機，會引發焦灼的期待。結局明顯地昭示了，反而會令人安靜下來。唯一比這安靜更寂寥，更強韌的，是被過人的意志壓制在心的底層的悲哀，現在脫身，蠕動，侵漫，如黑色的煙與影，如不見邊沿的沼澤和樹林，籠罩過來，裹脅上來，把你滅頂在後座的徹底的黑暗裡。

才擺脫一個夢魘，又陷入一個夢魘，蜷伏在車座裡，再一次蜷伏進泥濘，你是這樣的疲倦，就再一次放棄一切地睡過去吧。

是的，就像前一次，再睡過去吧，裹進被褥一樣的黑暗裡，讓一切消失，進入夢，讓夢歸屬於夢，對自己說，不過又是另一個夢，不過睡在自己的床上，都是夢裡發生的情節，不曾真正發生過，無須憂愁悔恨補救的。

就這麼又睡過去，把這一切都悶頭蒙臉地睡過去，不要再醒來。

電線掛在車窗玻璃上，纏成網，網你在洞穴裡和陷阱裡。路燈乍暗乍明，明的時候，那種青光居高臨下，越發給與陷阱深底的冷悚。

車開過一程又一程，羅網搖晃阻遏，危機四伏，陰謀醞釀，伺機而動。

路這麼長，似乎永遠也開不完，走不完，達不到目的地。但是，達到了又怎樣，也不過是一場徒然，不過和戰爭一樣，愛情也是可以把人驅向零變成零的。

可是你必須堅持，不走一次，事情就只做了一半，任務就沒有完成。

嚴酷地下定決心，不更改，不悔悟，命令轎車繼續前進。

你必須走一次這條路程，唯有這樣，你才能揣摹他們的心情、思想、意願、精神狀態，以及身體的組織構造和反應，而不被他們屏棄在他們的世界外。

如同一支載負著不歸目標的勇敢隊伍，你必須走一次這路程，才能使自己變成計劃的共謀，故事的一部分，同場演出的一個角色，取得荒謬的關聯和慰藉。

漫長的車行，和夜較勁，比賽耐力，寂兀的一程又一程，四輪堅持滾動在瀝青的路面。

然後在一片天藍色的背景前，出現了那座紅顏色的戲院。是在這一刻，他恍然了悟，懷遠和夫人屬黎明，是他的樂觀來源，他的慰藉和救贖，他的幸福條件，而成全了他們，就是成全他自己。

將軍上了閣樓，把自己反鎖在內，誰都勸不了，誰都不准進去，埋入猙獰的獸頭獸骨獸皮間，由肉體腐爛的氣味裹卷，用痛苦來對付痛苦。

追根究底，將軍是不應該作壽的。人說年紀越大越要謙虛謹守，避免喧譁囂張，將軍忘記了這條生活戒律，大張壽局，這不就出事了嗎？

哥哥和母親去了哪裡，這是懷寧一生的問號，她常常設想他們的旅程。使他們如此不顧地捨棄一切，必定是前去了什麼好地方，在那裡，他們可以逃脫世俗的禁忌，壓迫，成見，陳規陋習，迴避不得已的課業和職責，做他們要做的一種人，過一種與眾不同的生活。

這樣的地方在哪兒呢？人口繁多囂噪的城市和科技至上商業發達的國家自然是不可能的，必是要去了什麼偏遠的，奇異的，什麼美好的地方，沒有暴亂，欺凌，虛詐，出賣，荒唐的人間關係，橫行的陋俗，狹弊的成見，還得天高氣爽，沒有空氣汙染——懷遠是有氣喘病的。

上課時懷寧常常想到這問題，尤其是在地理課上，不免看去了長白山、黑龍江、內外蒙古、西伯利亞、青藏高原、喜馬拉雅山、尼泊爾、不丹、印度。是的，不遵守世俗規令的奇境異鄉，馬懷寧越想越沒錯。

一組地名脫穎而出，變成顯目的字形，鏗鏘的音節，明麗的景致，啟亮了她的心智，成為她的指標，為她畫出他鄉的路向。

失去了才能獲得。第一夫人失去，成為將軍的永恆的妻子。母親和哥哥失去，懷寧從憤怒而怨恨而悲哀，而思臆，而後在成人的過程中，看見他們逐漸成為兩點光，在一個高度上，如同傳說中的引路的星斗，照耀著。

是的，總是在一片光中他們出現，形成她的組成元素，為少年的她提供遐想和沉思，為現在和未來的她立下生活的精神基礎。

懷寧逐漸長大，各方面都沒有步入哥哥的覆轍，原因很簡單，不是她和後者同父異母，身心組織不同，只不過因為她是一個女孩子而已。

首先，沒有人理會她，要她像馬懷遠一樣得理工法醫、憂國憂民、成家立業、出人頭地、光宗耀祖。其次，她從小就在廚房和下人廝混，只要聞到食物的香味，廚房的人氣和暖氣，就能對生活生出樂觀。這樣的傾向不但幫助她度過了寂寞的童年，並且在逐漸前來的生活中，常常使她化險為夷，轉危為安。

「懷寧，妳要是個男孩子就好了。」將軍總這麼對女兒說。

真是武人思想，光會打仗，不知天下女子們，擔負更繁瑣的責任，容納更多的辛苦，承受更重的壓迫和剝削，才是領受到更大的福氣，享有更多幸福的人們呢。

身為戰士，將軍是經受過獨守黑夜的訓練和考驗的。戰爭使他不得不屢屢長夜支撐，並且教導他以絕望面對絕望，從絕望中生出活路。閣樓的門打開，將軍走出，仍是完好，大家鬆了口氣。

將軍發現了女兒的存在，懷寧則覺得去了位父親來了位祖父，原來自閉時間將軍從壯年驟變成老年，他的頭髮一夕間全白了。

醫生囑咐，早餐的酥餅換為全麥麵包，下午的葡萄酒換為綠茶，菸斗全戒。

將軍仍舊喜歡在迴廊長坐，有時把懷寧叫過來，若是週末或者第二天沒有考試，就要她陪他坐一會。精神好的時候，將軍會有一句沒一句地說著，思路浮移，想到哪就講到哪。

黃昏閒談，散漫的點滴連成片段，接續成記事，一件事帶領出另一件事，情節引發出情節，環生出應答的細節，呈現了連貫意識，起承轉合，因果關係。以為忘了的許多都記了回來，汨汨漫漫湧出如細流的水泉。

將軍有一些驚，無論是高興的還是不高興的，歡喜的還是討厭的，驚奇的還是平淡的，一旦置於敘述的距離，那一瞬間，突然都像肥皂泡泡吹離開自己的口，變成眼前景象紛繁，又像一個人從自己肉身析離出來，脫殼一般站在眼前，成為了一個面對面的自己。

各種事物進行著，不知覺中，三小姐越發隱蔽了，以前還有哥哥照顧，現在將軍只管自己，樓房裡三小姐一個人，一間屋子一間屋子獨自進出，無聲無息。

「姑姑，我得買塊布料呢。」懷寧向三小姐求助，家事課得交出一條裙子的剪樣。

她們坐進後座，由張司機關好了車門，向西門町馳去。顛簸過平交道。

那是一條多麼美麗的街道呀，一棟接一棟樓房緊密聳立在街的兩邊，騎樓前掛著橫橫豎豎的彩色招牌，鑲打著紅紅綠綠的霓紅燈。那時沒有大馬路不准停車的規定，張司機就把車停在布莊前邊的街邊等他們。

走進敞開的店門，啊，又是另一種眼花撩亂的景象。牆架上櫃檯上，紅的綠的藍的黃的，小花的碎花的大花的，布的棉的絲的綢的緞的，顧客們進出觀賞留連，店員們來去忙碌照應，笑著講著，討價還價，熱鬧極了。

他們一家一家地逛，輕鬆又歡喜，萬千種顏色花案裡外飄揚，比朝陽晚霞還豔麗。

每當這繽紛景象出現在悄然的記憶中，懷寧就會想起可憐的姑姑來。

不知從什麼時候起，三小姐愛上了化妝。文靜內向的她，平日乾乾淨淨的，我們並不見她臉上有什麼妝呀，怎麼說呢？原來這件事是進行在深夜裡呢。

是這樣的，人都熟睡了的以後，三小姐從床上起來，走到梳妝檯前，坐下在晶瑩的半月鏡前，就會開始一個夜晚的聚精會神的活動。從第一步的淨臉和打底開始，到最後輕輕撲上一整臉的粉，總要前前後後地顧盼，欣賞好一陣子，直到粉藍花的窗簾現出了樹影，巷底傳來垃圾車的少女的祈禱，才又坐回梳妝檯前，一層一層像倒放電影一樣再抹去，恢復原來的面容。

各種時代，男子的熱情不是給了戰爭就是給了政治，忙著打殺爭奪傾軋暗算，耗費了全數的精力，你便見到許多敏感，想像，細膩精緻，都落了空。

三小姐開始不停地做衣服。她又不出去，做這麼多衣服是為了什麼呢。在樓下，以及在樓房的每一個角落，你都可以聽見車衣機的聲音不停止，軋軋地響著，好像齒輪總在你耳邊鉸磨。

「如果當年婚事順利，成了家——」任豐說。

「自己要解約的，怪誰呢。」黃媽說。

「就一個兄長依靠。」任豐說。

牌局停了，樓房無聲，除了齒鏈永遠在軋軋地鉸磨。

這位兄長倒是真能依靠的。將軍已經在心裡打定主意，三小姐精神狀態雖然每況愈下，只要他自己在世一天，就堅持留妹妹在家中照顧一天。

颱風已經過去好幾天了，三小姐仍覺得風還在吹刮，頭疼去不了。和普通日式木屋比，西式房子要厚實得多，門窗又都關緊了，風從哪兒來的呢。都是從廊道漏進來的，三小姐發現，要任豐把廊面的門板白天晚上都緊緊拉上，遇到了將軍的反對。

也許是真的給風吹得不舒服，也許只是表示抗議，三小姐做了頂軟帽，一件斗篷樣的長衣服，穿戴起來，還把袖子和褲管都紮緊了，來去像個大俠，端莊嫺靜的三小姐變成了一位喜劇人物了。

「如果你們還要坐在外頭，就把門板拉上。」三小姐抱怨。無論哪一扇門窗打開，就是在遙遠的廚房還是前廳，以至於樓上，她都能感覺到風直吹的寒冷。將軍只能放棄意見。

懷寧站起來，推動門板，鐵輪滾動在軌道之間，發出刺耳的聲音。

「輕點。」將軍說。

木板門合上，迴廊被遺棄在門板外，和庭園一起畏縮了。

清冷的夜，連月亮也沒有，渾黯包圍上來，廊上的世界陰沉沉。

藤椅裡的老人移動一下坐姿，拉攏棉襖的前襟。

我們昨天講到了哪？

講到了沼地的埋伏。

到底是住進了療養院，是三小姐把整個五斗櫃的衣服剪碎了的以後，這之前，鄭隊長帶領任豐坐了張司機的車，已經四處探訪了好一陣子，尋到城南半山上某宗教團體辦理的機構。

看著紅磚的建築頗為整潔，裡邊的管理也很秩序，鄭隊長回來跟大家商量，又再上山安排好特別的住宿條件，把三小姐的雙人床，粉藍花窗簾，縫衣機，都先搬了上去，又著令黃媽擺出和家裡房間完全一樣的布置。

三小姐由懷寧陪著，一行人跟在後邊，安靜地上了車。陷在車的後座，懷寧看見車窗上電線桿快速退滑，滑出了玻璃，然後就是灰白的天空，然後樹枝和樹幹出現，形成網，不斷地網羅過來。後座陷阱一樣地陷落了。姑姑的雙手緊緊叉放在膝頭，襯在暗色的旗袍上，兀自在黑暗的後座發著瑩瑩的青光。並沒露出什麼不願去的意思，是大家十分低落的心情裡，還算差強人意的。

「兩邊同時住，隨時接回來，就當著出門吧。」任豐倒是看得開。

每逢週末和節日，大家都會一起上山去接三小姐回來，讓她感到不過真是出門而已。

鄭隊長其實過慮了，三小姐在療養院有溫和禮貌的修女照顧，又有很多同類的宿友，長期單身獨處的閨秀倒是第一次出了家門，跟社會有了接觸呢。

你知道，我們平日歸之於精神病患的，其實比平常人都誠實可愛得多。三小姐在山上過得很好，遠比在家裡健康快樂，確確實實使大家尤其是鄭隊長鬆了口氣，減輕了主意是他出的歉疚。當時由鄭隊長決定送三小姐入院時，一位晚報記者還曾寫過一篇文章，暗喻長安里的樓房裡發生了奇情豔聞，寫得栩栩如生像小說一樣呢。

「可不是，馬家將門宦府世代相傳，聲勢顯赫，奇事多得很呢。」黃媽說。

「可不是，就看那滿滿一閣樓的珍禽異獸吧。」任豐應著。

兩人互相玩笑，不聽外邊傳些什麼。

我們已經說到將軍去世，懷寧離開家以後的地方了。

南征北戰戎馬倥傯，行動接續行動，將軍前半生不曾有過回想反思的時間，退居島嶼的無所事事的日子，春天夏天秋天在迴廊上緩緩度過，前半生種種之成為材料，經過累積和沉澱的過程而漸漸醞釀成記憶。以無比的毅力和彈性再一次從地獄回轉，記憶教給將軍的是疏離和捨棄。抽出距離，把過去都當做好似別人的事情，他倒發現，不要說那時有過的，就連這時的自己的身與心，也都能捨了。

此後他面對過去越發感到自在，諸事無論輕重大小悲喜，就讓它們從口而出，不負期望地它們都能鬆弛了與自己的緊張關係，從附身的魅影，糾纏的惡夢，成為自由運轉的豐富的故事。乍看的複雜混淆和零亂，無法預測掌握的偶然和突然，都自動現出了脈絡理路，在所有莫非都變成為敘事的這時，現出了它們的起承因果關係。

多年的落葉經過累積發酵而成為黑色的肥土，難以承受的經驗也為將軍釀造出敘述的沃壤。前半生的行動提供他輪廓綱要，後半生悠悠時光給予反省的機會，讓他釐清情節，填出內容，牽連出意義。戰爭的殘暴，人際的狡詐，愛情的虛無，在交替著日與夜的黃昏的迴廊上，經由記憶的提煉過程，都生出了實在的機理。已經消失了的過去，一經召喚，像退隱的老兵聽到了召集令，一一又從各個角落整裝出現在生活的戰場。

又驚險，又奇異，又壯麗，又纏綿，種種妙質由他成為說者，退去旁觀的局外，反倒欣賞到了。過去屢屢經歷厄亂恐怕是有道理的，他開始想，那就是，使這時的自己，有這許多的題材能夠說得婉轉有趣娓娓動聽，比傳奇還神奇。甚至他認為，讓他屢受艱難恐怕也是一種有意的安排，一種福賜呢；上天不是用辛苦來處罰他而是培育他，用他的惡固然製造了他的罪過，卻是用罪過回來滋育他，使他的惡開出了花。

將軍終於轉危為安，振作起精神，好好地活了下來，而我們也不得不說，歷史不發生在當時，不存在於現場，歷史發生在敘述之間，實存在語言文字中的呢。

由記憶將軍身上孕育出豐滿的歷史，使他成為高貴的人，白髮紅頰，聲音寬柔沉穩，性情開朗豁達體諒，在這生命的最後一程，將軍闖出了再生的自己。

誠如懷寧的名字，將軍晚年過得很安寧，與孫女一樣的女兒對話，是他未料到的。能有這樣一位忠誠的聽者，死生契闊都與她說了，讓他覺得幸運和欣慰。懷寧大學畢業後想留在父親身邊就近照顧，將軍卻要她盡量為自己打算，不用管他，鼓勵她出國學習。

哪位外國智者提醒過，生活情況是多麼的複雜，在你以為受到折磨的時候，其實已經種下日後的幸福的種子，我們中國人說塞翁失馬，一樣的道理。甜蜜溫暖的關係，笑容和愛，美食，盛開的花，微風細雨，無雲的藍天，示予我們存在的美好，要我們精神地活下去，然而克服痛苦，戰勝困難卻更能策勵堅強的意志，不屈的性格，使生命更具意義。為了獲得後者，辛苦便存在於生活中，便有堅毅如將軍如鄭隊長這樣可以擔負重責的類種以為昭啟。因為有這樣的人，痛苦和災難卻又非得以更強悍的形式出現，以便出示更大的景象，為我們帶來更多的意義。

或者這麼簡單地說吧，能執行殺戮的人才能駕馭殺戮，受過難的人才懂得慈悲。滄桑以後並不感嘆滄桑，保持了精神上的高度，逆境畢竟成全了將軍。

懷寧出國前，鄭隊長已經搬來家中，偌大的樓房和庭院將軍獨守未免清冷，何況大隊長的果園實驗又告失敗。並肩的袍澤，救難的戰友，比親兄弟還更親的夥伴，比災難還更頑強的同盟，又在一起一同堅持了下去。

秋天的一個黃昏，將軍照常坐在迴廊上，黃媽過來請吃晚飯時才發現已在睡中過去了。年及九十，又以這麼好的方式往生，大家都為將軍高興。依遺囑葬禮舉行得很簡單，骨灰存放靈骨塔，等待某日的到來，將依他的遺旨歸葬故鄉。

二、天使無名

九月的一天，天氣晴朗，懷寧應邀參加同事瑪雅女兒的十五歲成年禮。典禮在城北邊一個樹林裡舉行，瑪雅告訴她只有很簡單的營區設置，夜裡還會冷，要她多帶點衣服。懷寧便把毛衣和厚襪子，還有毛毯睡袋等，都塞進了車廂。

應邀參加典禮的幾乎都是熟朋友，除去了外邊的俗套，大家都十分遂意自然。眼前是郁綠的樹林，耳邊有啾唧的鳥鳴，食物簡單豐富，在這裡住十一天，按照印第安人的習俗，每天聽一個故事後便是完成了典禮。

工作還在等著，懷寧不能參加接下來的歡宴，得先回城裡去。經過林中的生活，再回到路上，一時竟對世間陌生了起來。

公路平坦地往前伸延，初秋的天空沒有雲，窗前清澈的藍底上綠蔭大片大片流動成富麗的樂章，飛躍出交響的氣勢。

謙誠的頌詞，悠揚的歌唱，有趣的故事，件件都還在耳邊心中，恍然間懷寧錯過了出口。高速公路上一錯就是不可收拾的，她趕忙拉回心思，集中注意力，準備快快下了公路回頭走，找回前路。

繞了兩三圈，越弄不清方位了，她減慢車速，留意指標，希望可以看見一家加油站。

秋林叢叢掠過，一天的時光正以緊湊的速度趨近尾聲，天空飛現艷紅，方才覺得暢美的景色現在令人慌急，催促著，是的，她對自己說，必須在天黑以前找出前路。

不見一家屋舍，沒有任何指標，樹林接續又接續，形成圍攻的局勢。到底是在原地打轉，還是進入了不明白的處境？無論如何，先擺脫這密林的糾纏再說。她踩足油門，一陣努力以後終於有了突困的形勢，眼前出現了寬闊的空間。

在最後的一陣日光裡，她看見一大片高粱田，撫依著平地延展開來，鋪陳到公路消失的盡頭。無邊無際的農田，搖蕩著搖晃著，竟有著島嶼的稻田景象，她迷惑了。

車速減慢，在路邊停下。一層暮靄從公路那頭向這邊蔓延過來，路形開始恍惚，田野也更迷離，變成海洋似的流體，搖晃著搖蕩著。

日落方向的地平線上出現了一個影子，依著路面往這邊一步步移動過來。她遲疑地打開車門，走出車廂，瞇起了眼睛。

秋的曠野，空間遼曠，風很料峭，她拉緊衣襟，舉起一隻手，擱在眉下的地方，擋住目眩的反光。

終於走到可以辨出身形的距離，逐漸現出了面目，懷寧吃了一驚。

這不是父親麼？

是的，懷寧，是我，將軍露出和藹的笑容。

因為有件事，非來和妳說說不可呢。

幾個禮拜前的颱風帶來了大雨，山洪一時宣洩不及，寺裡進水了。

「還記得答應我的事麼？」老人說。

「記得的。」懷寧回答。

「那麼就麻煩妳跑一趟吧。」

「而且，」老人說，「故事有些地方不是還連不上線麼？」

你得去一趟原發生地點，它們才會清楚。

引擎聲從背後傳來，懷寧轉過頭，一輛車子向這邊開來，經過身旁揚起昏黃的塵埃，眼前更是看不清了。等到塵土落定，恢復了原先的視線時，老人已經不見。

不過這麼一會時候，天已經暗下，麥田似乎消失，曠野無形無邊，只見那過路車的兩點紅色的尾燈像一雙詭譎的小眼睛，一閃一閃發出暗號的默契，遠去在已經合攏了的暮靄裡。

懷寧重新開動引擎，耐心地讓它暖上來，然後她打開高燈。

既然有其他車輛通過，前後都必定有路。

銀幕映像交錯閃爍，播報員聲音急促，種族戰爭疆界糾紛宗教衝突權力鬥爭、恐怖爆炸搶劫綁票殺掠強奪顛覆、貧窮飢荒疾病、總統總理主席獨裁者、政治人物社會名流社交名媛、戰犯殺人犯恐怖分子地痞流氓、家暴者被家暴者連續作案者，半自動機槍校園掃射，炸彈街頭爆炸，子彈流竄，人紛紛倒下，公共汽車裡的，辦公樓裡的，超級商場裡的，路上的，操場上，教室裡的，教堂裡寺廟裡的、公園裡的，倒下倒下倒下，電話鈴響了。

喂喂，國際線路很清楚，像似不過從當地打過來，可是越洋電話必須大聲地嚷，才有隔著海洋通話的感覺。能不能回來一趟？是鄭隊長的聲音。強烈颱風過境，從來沒有這麼大的風和雨，屋簷吹掀開，牆也塌倒，遍處都是水，老屋經不起了。如果自己不能修，公家催促收回改建公寓。

「回家看看吧。」電話裡的聲音催促。

地中海式樓房再現，白堊土的牆面暗淡了，牆基漫走著霉跡，二樓的欄杆蝕滿了鏽痕，樓臺堆積著厚厚一層殘葉。

任豐胖了，頭禿得見頂。鄭隊長頭髮也花白了，臉上都是皺紋，然而鼻樑仍舊保持了挺直，在周圍一切都衰敗放棄的時際，唯它堅持著原有的精神。

樹吹斷了幹，壓倒了牆，花木零散，後房屋簷一角給吹掀開來，灌進了雨，屋子裡的東西不是淋了雨就是浸了水。

不用深呼吸鼻腔就都是水氣，可以想像水曾經滯留過，屋裡牆底角蜿蜒著漬痕，桌椅櫥櫃等仍放在原來的地方本來的位置，長久不被使用的家具失去了它們的功能，而是曾經用過的人的代徵，顯示了曾有的存在，和缺席。

鄭隊長仍舊言語精簡，任豐卻一遍又一遍，說過了的又說，簡單的經過重複地解釋。話語開始在潮濕的空間裡浮沉。長程飛行，她是很疲倦了。

「歇一會吧，」隊長說，「妳的房間已經收拾出來了。」

穿過大廳，經過迴廊，突然一陣芳香止住了水氣和霉氣，懷寧停住步子。

玉立在鬱暗的庭園前，那株梔子，葉是油亮的墨綠色，蜜白的花朵綴滿身，竟是出落得越好看了。

載負了過去時光，梔子帶著香氣向她貼擁過來，一時懷寧覺醒，無論現實呈現何種面目，記憶總是親誠地在等待。

另一種香使她從睡中醒來，這回是吃食的香味，任豐準備好晚飯了。幾樣家常菜熟悉又可口。飯後任豐燒茶，平日做這事的黃媽已經搬去南部跟女兒住了。

「自己翻修，要不就讓總部收回改建，」鄭隊長說，「改建後可以分得一層，其餘歸公家。」

好處是，一層公寓比獨戶大院要容易維護。「我們年紀都大了。」鄭隊長說。

「可惜的是花園，」任豐說，「現在的臺北，哪還能找到這樣的。」喜歡從事園林工作的任豐嘆氣。

「妳有什麼打算呢？」鄭隊長問。

「我們都不要緊，看妳覺得怎麼好，這房子終究是妳的。」

「無論怎麼處置，妳都要爭取產權，」鄭隊長說，「妳姑姑上年紀了，總得回家的。」

而且，或許有一天，夫人和懷遠也能回來——總要有個安身的地方。

遙遠的名字被提起，依舊叩應在心上，雖然故事已經遠得像傳說，情節也在時光中湮滅，然而當它初發生時，在身體，情緒，和思維上曾經啟引過的敏銳又深刻的反應，卻由生活淘煉成純粹的感受，那名字一旦說出口，像幽靈的被召喚，便從瞑然的時光滌蕩而出，沒有被稀釋，沒有被忘記，卻以越發清晰明確的姿容，重新成為真理和現實。

茶壺的蓋子在爐上輕輕地噗響，巷外傳來賣餛飩的梆子聲，依舊是兩重一輕。馬懷寧推開玄關的門，前庭濕漉漉的。

「要出去麼？」鄭隊長問。

「就在附近走走。」懷寧說。

「陪妳一起去吧？」對方說。

「等一等，」鄭隊長回頭拿了一把傘，「穿得夠暖和？」

「夠的。」懷寧說。

鄭隊長撐開了傘，「還記得路麼？」

從巷子出來，他們無目的地走上大街，經過騎樓底下的地攤，逛了幾家書店。鄭隊長推薦一家茶室。「請妳看看幾幅字。」

穿長裙子的女侍把他們領到臨窗的小桌，問明了茶種。

「今人筆法滯重沉膩，不是官氣就是霸氣，這幾幅不知名的反倒清爽。」等水燒開的時間，隊長一邊看著壁上的書法一邊說。懷寧記得，以前隊長是早晚都要臨一遍米南宮的。

水開了，發出細細的吹笛的聲音。懷寧兩手握著加了熱水的瓷杯，等待溫度從瓷內暖上來。

黃昏提前到來，劃著雨絲的玻璃窗底下，行人撐著各色傘，車輛閃著頭燈和尾燈，從黑濛濛的天空，雨落著落著，落在傘上，落在十字路口的雜沓的人車間，落入骯髒晦暗的地面。可是當你拉高視線，從一個遙遠的角度設法再見城市，朦朧雨絲之間在城市的上方，如銀如水，如青瓷般閃著光芒，寧靜優美的新的城市出現了。抒情還是可能的。

懷寧吹了吹水面，飲了一口茶，上好龍井浸在雪白色的瓷杯裡，片片都成葉，有一股沁鼻的香。

清早的飛機，準備再收拾一會就上床。也許是茶喝得濃了點，還是心情緊張，或者兩者都有，懷寧一點睡意也沒有，整個腦子清醒極了，清醒得像通明又深邃的大廳，思緒在廳內被照得炯然見底，一覽無遺。

隨意披上件外衣，下樓來。

拉開門板，板底的鐵輪滾動在軌道上，迴廊外邊雨已經停了，手伸出去，接到的是一滴續著一滴的簷雨，收回來，放在藤椅的把手上，掌下的部位似乎仍舊是溫熱的，總是擱在這裡曾經有一雙手。

花香隱約，留心地呼吸，以便和它接觸，它猶豫著閃躲開。你放棄意思，任由來去，它反而拂撩過來，親暱地偎依，如同狎戲的愛人。

什麼花，這深秋的夜，細雨裡兀自綻放，陪著你？

哎，還有什麼花，除了梔子花外，還有什麼花呢。

「宵夜燉好了，趁熱吃點吧。」任豐前來告訴。

勻淨的一碗雞湯，一勺勺不急地飲，廚房裡總是溫暖又和煦。

「這雨一下，就要下到三、四月了。」鄭隊長說。

「雨一停，就要熱了。」任豐說。

「給妳看張照片吧。」鄭隊長說。

懷寧擦乾淨了手，坐過來一邊，小心地拿到眼前。

兩位年輕俊美的軍官，並肩而立。

端正的軍帽，筆挺的軍服，肩帶斜打過上胸，緊緊扣在腰際，白色的手套，碩挺的長馬靴。

「什麼時候？」

「戰爭還沒開打前。」

一起去獵金絲猿的時候嗎？

是的，一起狩獵金絲猿的時候。

一大早懷寧就醒了，屋裡瀰漫著煙香。原來兩位老人設立了桌案，供了五品，燃點了一杜香。

慎重地祭拜以後，一個裹在綾子裡的瓷罐交給了懷寧，為了攜帶方便，還準備了特別牢固的手提包。

「可得留神，千萬別砸了。」任豐叮囑。

「千萬不可鬆手。」鄭隊長說。

是的，馬懷寧明白，她將與它寸步不離，一路為伴，直到抵達臨莊為止。

三、流動的地圖

帶著兩位長者的叮嚀和祝福，懷寧進入遼闊的陸地，無法忖度的陌生鄉域，輾轉顛簸，從一站過渡到另一站，充分領會了華夏民族的人口問題，沿途察言觀色隨時修改適應，等到在各個櫃檯窗口商店飯館公私營單位等等一律受到粗蠻的待遇，知道自己大致被視為本地人後，稍稍放了心。

抵達河程的起點，旅行社派來的陪同吳蔚女士，已在等候。

「我叫您吳同志吧。」懷寧對剪著整齊的短髮，穿著西式套褲的吳蔚表示敬意。

「不不，」對方連忙搖手，「不好這麼叫，就直叫名字吧。」

吳蔚行動俐落，替她結了旅館的帳，辦好各種手續，提了箱子打前鋒。她們一同擠過旅館門口的人群，坐上計程車，駛過街上的人群，來到碼頭，擠過岸邊的人群，擠上船，擠過甲板上的人群，船道裡的人群，擠進艙室。吳蔚關上門，兩人對喘了一口氣，懷寧把小手提箱謹慎地放在自己床鋪底下，這邊一摸頭，掠下了一手頭髮，這是一路衝鋒破陣的成績呢。

原定上午開航，因為國家航運管理方面一貫的怠誤，為了從不需要向乘客們解釋的原因，船停靠在碼頭，遲遲不見動靜，好在各處都熱鬧極了，倒不因等待而感到無趣。小販們川流不息地上船來，沿艙房叫賣，十分地慇勤。

「可得小心點，別胡亂買。」吳蔚警惕她。

好不容易擠進來，吳蔚又忙著擠出去，手裡抱著一個熱水瓶，一邊叮囑懷寧好好留在艙裡，別往外面跑。再回來時，瓶裡已經灌滿了熱水。從背袋吳蔚又拿出兩雙筷子，兩個塑膠杯，照顧得這樣的仔細，倒是讓懷寧沒料到。

「沒什麼，自求多福而已。」吳蔚說，把東西一一擺放在小桌上。

乾淨的杯與筷，各居己位，熱水瓶端坐在中央，湖綠色的搪瓷面上工筆描繪了一枝胭脂紅的桃花，在粗糙慌亂的環境獨自秩序安寧，令人放心。

黃昏時，船終於移動了。

溯水航行，沿途遇站停泊，轉運客人和裝卸貨物，每站人眾洶湧，黑髮形成黑色的潮水，一股股裡外翻掀著。

漸入正水，兩岸不再逼迫，人的世界向後退，漸漸讓出了江面，視野寬闊起來。

灰青色的天空，灰黃色的山脈，灰白色的水，船身緩緩向前，切開灰綠色的水心，在莊嚴的灰色裡，河水延展去無限的前方，從相反的方向懷寧重走父親馬至堯將軍當年叱吒鄉輿的路程，逐漸進入日昇月落人事迭錯的過去。

河水沉鬱如古鏡，映照過去現在和未來；在溫煦的灰色的輝光中，回溯千萬里空間和時間，鳥瞰的視點，故事重現。

1 給永恆的理想主義者

黃昏來到庭園，日光逐漸轉變成流體，沁盈著你的身體。

空氣的氣味，樹的氣味，木的氣味，一種坦陳了的肉體的氣味，花的香味，浸淫著，使你從外在的物理性的活動脫身，進入感官的世界。

然後你清楚地看見了迴廊，廊底的羊齒，青石板的臺階，和花香的來源，那一叢盛開的梔子。

從來沒有結過這麼多的花苞，孕育著，等待過去了秋天冬天和春天，漸漸飽漲成螺旋的形狀，從青綠轉變成乳白，還帶著一點芽黃，終於在盛夏的這時綻放。

昨天我們講到了哪裡？說故事的人問。

講到了猴子的臉，聽故事的人回答。

啊，可不是，你轉過頭，吃了一驚，對著你的是一張藍色的臉。

花瓣始終開不平，一瓣搭依著另一瓣，闌闌珊珊萎萎靡靡的，開著也像在懺謝。那香味，哎，那濃馥又凝郁的香味，可固執而又不保留地釋放著，羈絆著你，浸溺著你，使你無法招架，奄奄一息。

藍色的臉？聽故事的人不相信，嗯，倒要說說看，是哪種藍顏色呢。

哪一種藍顏色？說故事的人把身子往椅背靠去，仰起頭，進入遙遠的思索。

水溶溶的天邊已經映上了一彎牙印似的新月。

那是哪一種藍顏色呢？

為了弄清楚這件事，我們來到狩獵吧，是的，讓我們從獵程的開始說起。

就像你被告知的，這是辛苦又寂寞的一段路程。首先，頂要緊的，你得耐心等到有月的黃昏，確定不但有月，還得估計它能持續照上幾個晚上。在這南方的山城這是可遇而不可求的情況，如果沒有出現的可能，不如打消主意，否則就別錯過機會，原因很簡單，樹林裡黑極了，你得依靠月光，除月光外你沒有別的光源，就什麼也看不見的。

紮緊綁腿穿上厚重的鞋子，檢查是否一切齊備了，你背上行裝和獵槍。

人跡漸漸減少，屋舍沒有了，周圍開始荒寂，環境影響不了你下定的決心，如負任務一樣往前走，不猶豫。黃昏時你到達山腳，從這裡起就要往上爬。你站在一塊石頭上，回望城市，看見它浮沉在暮靄的底下，已經很遙遠。

調整背包和槍在肩上的位置，你深吸一口氣，從現在開始，是的，你就得不止地往上爬，無論怎麼走和朝哪個方向，都得隨時確定自己是在上坡的路上，任何時候有下傾的模樣就是走岔了路。跟著你一起出城的月亮現在離你很近了，你從來沒見過它這麼大這麼亮的，在你身邊跟出了步步伴行的影子。

地勢開始崎嶇，土坡變成陡峭的巖壁，夜來的水氣使石面難以落腳，你格外小心地跨出步子，探測地面的穩度。腳下若有個閃失，受了傷，你就沒法前進了。歇口氣吧，你把槍解下來，在石旁放好。眼前坡原蒼巒又遼闊，被月亮照成了深藍色，海水一樣起伏迤邐，你倒是像身在海底了。

你失去世間，也失去了自己的所在，零下氣溫透進衣領，直冷到皮膚裡，這也好，要不是這麼冷你就會連自己的身體也覺得失去的。

平常腦裡有著數不清的意念，現在世界只有一輪月，一片光淨的坡崖，這麼的單純，思緒也跟著單純，時間消失了。你只想著一件事，為著一件事，那就是，繼續向前走，往上爬，用謙虛的匍匐姿勢，從胸腹開始都扔棄到粗峭的巖面，手腳變成蟲蠕的肢腳，變成苦行僧，貼地蠕爬著。你的體溫一路下降，直到和冰冷的石面變成一致的溫度，兩膝磨出泡，流出血，合癒了，長成繭。

白天蜉蝣一樣趴附在巖坡上，晚上找到勉強可以掩蔽的地方試著休息，你到底是明白月亮的重要性了。首先，有月就不會下雨，不會叫你一旦失腳就會一路滑去坡底下。其次，每天白天過去而夜要來的時候，它就像準時赴約的朋友，從東方出現，前來和你同行。你停下來，它就等著，睡下，它又無保留地覆護著你，真是再也找不到更好的旅伴了。

起初還不時回頭遙望，試著在蒼茫的雲霧底下摸索城市的形狀，然後就不再回頭看了，就這麼一個人爬行又爬行，你明白了寂寞是什麼，懷疑自己失去了語言的能力，可是寂寞成為日常以後，你反而感到和寂寞親切起來，喜歡起了寂寞。

一個山腰沉落另一個又浮起，連成綿延的迭巒，一座峽嶺過去另一座又騰起，形成了壑谷，天際懸掛著總是追隨和鼓勵著你的月亮。然後你抵達一座森林。沉厚的原始樹林從來沒有人進來過，松杉叢叢聚立，向天空蒼莽又倔傲地聳拔，在久遠的時光裡，他們一直等著你。

檢查槍枝，調整背包在肩上的位置，穩定腳步，進入森林。

眼前頓時暗下來，可是當現實的世界隱去，想像的世界卻明亮了。參差的枝幹現在是纏繞的軀體，藤蔓和菟絲癡情地搖擺追隨，苔茸草葉撫撩著親吮著你的腳踝。你小心步子，提防陷阱。突然林頂一片嘎噪，你吃了一驚，趕緊俯下身，躲去樹幹的後面，採取踞伏的姿勢。原來只不過是棲眠的鳥和獸被來客驚醒，一大片看不見地從頭上躍飛起來奔馳而去，卻聽見枝葉唰唰地打落下來。

你鬆了口氣，站起身子，恢復原來的姿勢，繼續摸索前進。黑暗的樹林，方位都沒失了，但是你記得很清楚，往上走，是的，只要腳下在往上的方向，錯不到哪裡去，終究是會到達目的地的。

地面很軟，綿綿地吃進了鞋子，一步一步拔出來，沾黏著腐爛的植被和泥濘，鞋底越來越重了，千百年來千萬片樹葉生出又落下，現在都沉澱在你的腳下。

霧飄流著，水氣凝重，土地開始濕濡得簡直不是實體，突然你警覺起來，你一定是身在林沼了，是的，必須經過沼澤才能到達，你記得很清楚。

前邊走過的一程雖然荒蕪寂寞，月照之下還算坦白，現在這裡可是晦暗又曖昧，匿藏著各種不可預料的事物和活動，擺布著陰謀和陷阱。放慢腳步，把槍從肩上取下，緊握在胸前，手指扣在機板——

一片葉子離了枝，遲疑在滯悶的空中，抖顫著，往下飄，落在擱在藤椅把手上的手背上，一點聲音也沒有，夏天的落葉比秋天的絕望得多。

季節在庭園裡更迭，滴漏一停就是夏天，地毯開始回潮，楠木地板開始膨脹，板和板間的縫隙消失，緊密排接，走上去便因磨蹭而發出呻吟，情慾隨季節的更動而甦醒。

一隻手撫摸著藤椅的把手，摸索著藤的條紋，另一隻手握著酒杯。

多麼修長的手指，月白色的指甲底邊印著月白色的月牙——這樣子的手怎麼是拿槍的，怎麼會殺人，怎麼能做將軍的呢。現在握在這手的手心裡的是一杯暗紅色的液體。

女子的手，拿著的則是一把梳子和剪子。

從頂旋開始，梳出一綹髮，長短不很齊，那麼就夾捏在食指和中指之間順下平拉到指的邊緣，緣指邊剪齊。這是雙纖纖的女子的手。現在這雙手再梳出一綹髮，重複前邊的動作。

剪子和梳子在指和指間調動，剪是嵌銀的，梳子是琥珀雕花的，兩種材質發出不同的光澤，相映相成。

手的邊緣不時觸到被剪的人的臉緣，耳輪，頸後。微微有點潮濕。

手指一樣是月白色的，指甲卻呈肉紅色，月暈則是淡淡的水紅，而合指擱在膝上的這一雙一點皺紋也沒有的手，則屬於未經世故的青年男子。

耳後也是月白色的，讓女子的指甲輕輕給刮了一下——嗯，有點疼，劃出了一道痕，也呈肉紅色。

黃昏進入半透明的暗紅色的梳子，琥珀的紋路在梳子裡迷走如濃鬱的血痕，梔子花的香氣誘引你進入它的蕊心——

在那裡，一切都是柔軟的，濕潤的，親密的，精神恍惚的，迷醉的。

梳子和剪子都放去小几，空出雙手，讓它們穿入髮內，十指運作，騷弄著撮揉著撫按著。全身一陣酥麻，往後微仰起頭，啊，你想你聽到了一聲壓抑著的嘆息。

相思和羊齒窸窸地響起，掩護了嘆息。

這邊的手則仍緊握住暗紅色的酒杯，指連指，踮著手心，指縫間滲出了透亮的暗紅色的液體。

多麼安靜的迴廊上的黃昏。

夕陽傾斜，閃爍，光度透明，突然你明白夏天就要過去了，這樣地匆匆。

怎麼總能用偶然的身體的接觸，用眼神，來相互委身，用無語的言語，來完成默契呢。

這一會，是另一個畫面，手擱在一片裸著的背脊上。

走道沒有人，腳下的地板嘰吱，發出木的潮氣，每扇臥室的門都是關著的。

不，你眼前的這扇沒關緊，一條門縫邀請你的視線。

光來自左側的窗，斜斜的伸過來，照出光滑平整的，年輕的肌膚。手掌擱放在兩塊肩骨之間的坡原地帶，蹭出一疊影，搓出淡淡的明和暗，除了這光和影，一切外在的事物都被擋在門框的外邊。

所有外在的，和構圖無關的雜質，都被切除，所以一隻手擱放在一片裸背上的畫面是這麼的簡潔純淨。

背向後傾，背上的手掌一路承接，你似乎聽見從門縫透出一聲深深的呼吸，一聲嘆息。

梔子花的香氣衛守在黑暗的過道上，忠心耿耿。相思窸窣地再響起，掩護了嘆息。

天色漸黯了，光源失去，你也失去了圖畫，方才看見的，現在只不過是一條暈暗的門縫。

不曾顯示異常，不曾敘述故事，不會洩漏情報，透露情節。

不過是一個日常的靜靜的黃昏，樓下玄關的玻璃門還透著一點光，波斯地毯不理水晶燈的挑逗，維持著端莊在昏暗的地面。

風似乎吹起了，你聽見相思樹搓娑著窗框，一片低低的竊笑聲，壓抑著歡喜。

窸窣的腳步聲，地板輕輕呻吟，一扇門開了。

從開著的門出來，退入另一扇門，窸窣的關門聲。

呼吸均勻而持續，沒有被打擾，可是你從來就不知道誰出來，誰進去，從誰的房間，到誰的房間，在誰的床上，黑暗中，誰在等待，誰在傾聽？

誰的腳步聲，誰的嘆息聲，呼吸聲，還是壓抑著的喘息？

無論是半開還是盛開，更不要說開萎了的，梔子的香氣總是帶著一種不願自拔的堅決地耽溺下去的氣質。

是的這是一座內容不明的樹林，從來沒人來過。樹上掛著白色的寄生植物，白霧像幽靈一樣地飄浮。你的腳下聲音悶重，沉默了千萬年的空間和時間不會因你的到來而坦陳心事，你必須自己找出它的內容，它的情節、細節、觀點、上下脈絡、經緯組織、起承轉合，以便連續成對你具有意義的本事。

持槍一步步摸索前進，濃重的水煙飄流，時時掩遮了視界，你謹慎落步，豎起耳朵，聆聽各處的靜動。

葉和葉交會通風走報，枝和幹纏接串連，你聽見自己的呼吸接近了喘噓，心跳得很急。

無聲的喧譁，無法抑制的慾望，焦慮的等待，陰謀就要揭發，高潮，或者終局，就要到來。

禽鳥喋嘎，攀緣性的動物在華蓋活動，從各種方位傳來不明的聲響，你試著分辨哪一種是虛勢，哪一種是真正的威脅，還是不過是渴望著接觸的呼喚，拉長了尾音，在幹枝之間傳遞撞迭成回音，提醒暗示，祕密等待揭發。你努力地聽並設法瞭解訊息，是的，黑林裡布滿懸疑，提供著線索和答案，你得具備各種被驚嚇和驚喜的能力。

你從來就不知道是誰走出來，誰摸索著步子，誰進去了誰的房，或者在黑暗的床上閉緊了眼，豎著耳朵，誰在等待，誰在傾聽？

潮濕的夜，寂靜的走道，寂靜的臥室，壁櫥貼牆肅立，每張抽屜的嘴都閉得緊緊的，如同可以信賴的友黨。樓下傳來攻城和守城的牌聲，遙遠但熱烈，為勝利而歡呼為失敗而唉嘆，而再接再勵。

廳堂裡牆與牆排列出警衛的隊勢，波斯地毯無聲地羅織著陰謀陷阱，穿堂沒有止盡，樓梯引向蠱惑的處境。無論是半開還是盛開，開敗了的更不用說，尤其是從黃昏到夜來的時候，梔子的形狀和香味總是接近一種萎靡的肉體，絕望的慾望。

遠古本是高大喬木的羊齒，現在蔓爬在地上，你不注意的時候已經爬滿了潮濕的地面，葉莖披蓋著金色的絨毛，孢子囊密生在葉的背面或邊沿，如齒如羽的複葉重疊出規則的層次，排列成對稱的整體，柔軟細緻又豐腴華麗，也很固執倔強。蔓延，抽長，直上二樓，譁然放開傘葉，濃郁的綠色像顏色遇水一樣暈化開來，浸漫過來，鏤花窗簾痙攣了。

一點聲音都沒有，愛情原來是可以這麼緘默的。

靠著牆，把耳輪貼近黑色的門隙，傾聽，聽見的是急促的撞擊，原來是你自己的心臟撞擊在自己的胸膛。

齒葉縱情地抽長，綿延，席捲，一路顫抖著，自己都要受不了了。

下午六點鐘，花的香氣，這兩項條件如同魔鑰總是能開啟黃昏的場地，漸漸亮起一日將盡的靡麗。落地長窗前坐著的人，以側影映在壁畫般的背景玻璃上，夕陽用金色的線條勾勒出如影的輪廓，影前的桌面則放著一碗熱氣裊裊的雞湯。

門開了，她進來。他抬起頭，手肘依舊壓著書頁。她坐下來桌子的另一邊。

拿起桌上的一隻湯匙，從他的碗面酌一點湯，送到她自己的柔軟的唇前。

嗯，有點燙。

他抬起頭，晚光進入他的眼，眼眶幽幽地沉落時，瞳孔卻像黃昏的星斗一樣地亮起來了。

他們穿上好看的衣服，帶上典雅的配飾，裡外都認真用心一絲也不苟，打扮出自己最滿意的一面，還要在鏡前左右地顧盼，只為了讓對方看著喜歡。

因為，他們將共赴一場盛會。

大理石發出煉乳和凝玉的曄光，明鏡剔透耀熠，他們在臥室完成了蛻變的手續，出現在樓梯口。

佚麗的服飾，煥發的神情。傳來車輛備好的消息，儀式宣告開始。

他們出現在樓梯口，嶄新的人物，天作的璧人。後房的牌聲一疊疊掌聲似地響起。

三輪車已經等在門口外，下雨了，黃媽送過來一床軍毯，他們上了車。

讓老林在膝頭放好毯子，放下油布簾子，扣緊了下擺，還慇勤地叮囑，坐正了，坐穩了，把腿面腳面都蓋嚴了，邊捺緊了，莫任毯子絞進了輪子。

他們從巷子出來，右拐上大街，搖搖晃晃，雨淅淅瀝瀝落在油布簾子上。新安裝的鎂光街燈為他們打出水紅色的一街背景，熒熒叮嚀，送他們上路。

粗健的小腿一下一上，三個輪子開始飛跑。他們跑過地攤菜場，土地廟，天主堂、基督堂，清真寺，郵局，區公所派出所，小學和中學。跑過和平路，泰順路，雲和路，金華街，南昌街。

只容兩人坐著的車廂又黑又擠，可是，這樣不是最好麼。對身邊的身體就像對自己的一樣熟悉，不需要外在空間，不需要照明。

雨的氣味，油布的氣味，毯子沾到雨水的濕羊毛的氣味。衣領的氣味，髮的氣味，頸側的氣味，耳邊的氣味，額頭的氣味，眉角的氣味，雙頰的氣味，唇的氣味，胸的氣味，肋骨的氣味，呼吸深深地進和出，沒有比六〇年代的雨簾裡的三輪車更色情的了。

雨細細打在油布簾上，淅淅瀝瀝如耳邊唇邊的細語，一詞半音還留在唇裡，車身搖晃，上頷骨磕到下頷骨，齒碰到了齒，嗯，有點疼，咿喁越發沒有意義。

經過了主婦和放學的孩子，下班的人潮，賣餛飩的攤子，賣臭豆腐的，賣燒鳥的和燒腸的，裡面一定是灌了老鼠肉才這麼的香呢。賣牛肉麵和切仔麵的，賣春餅蔥油餅的，蟹殼黃蘿蔔絲餅的，烤鳥烤魷魚烤玉米的，烤紅薯烤爆米花的，賣紅十字會章的中學生賣白蘭花的老太太賣茉莉花的小女孩子，眾人向他們一路揮手，祝福前程似錦。

他們跑過了信義仁愛路，介壽路，經過了賓館，公園，總統府，美術館博物院，大會堂，進入霓燈初上的西門町。

衡陽路，沅陵路，中華路，桃園街，武昌街。平交道前他們停住車，因為欄杆叮叮噹噹放下來了。雨停了，從落日重新出現的那一頭，火車吐著白煙神氣地蹭過來。趁等在平交道這邊的時間，老林下車替他們捲起了雨簾。

火車拉長笛聲往這邊昂揚地過來，車輪發出愉快的節奏，經過他們面前吐出更多的煤煙，車廂一節節過去。和眾人一齊他們高興地仰著頭，本來想數數一共有幾節，卻失去了數目。終於最後一節也過去了，欄杆又叮叮噹噹拉起來了，三輪車的輪子顛簸過軌道，顛得他們搖來晃去不得不拉住手，忍不住地笑。

他們跑過漢口街，內江街，成都街，峨嵋街，西寧街，穿過琳琅的書店，布莊，鞋店，百貨店，白切鵝肉店，冷飲店，純喫茶店。

烏雲已開，天空勻淨，西向的街道面對雨霽的清麗的落日，聳立著他們旅程的終點，百樂電影院。

多麼美麗的建築呀，紅磚的樓面，鮮艷的廣告懸掛在樓前，霓紅燈嫵媚地閃爍著，把你眼睛都弄花了，俊男美女臉對臉，情意綿綿，唇就要遇到唇，一旦吻上——哎，可真要叫你心醉神眩。

紅色的牆，紅色的燈光打在一長排玻璃櫥窗上，晶瑩的窗櫃子裡，紅星擺出迷人的姿態，綻放出燦爛的笑容，歡迎兩位光臨。

小心地下了三輪車，票已握在手中像孩子一樣地高興，等會他們將隨眾人進入戲院，欣賞一部精彩絕倫的電影。

三輪車飛跑，跑過街道和城市，稻田和樹林，沼澤和河流，島嶼和海洋，展開在他們面前餘陽輝煌，他們的臉流動成金黃。風吹雲飛，鳥成群伴隨，她牽著他的手，領著他，在新昇的月光底下，華夏巍峨輝煌，許諾了未來，一場好戲就要開場。

林木喧譁，各種聲音之中有一種顯然出類拔萃，以極細膩悠亮的音質脫穎在各種之上。起先你想，大概是樹和風互相搓擦的聲音吧，因為只有自然界的交會才能這麼地生動的。你再想，在各種禽獸和人類中，哪一種可以一音含九音，唱得這麼婉轉悠長綿延的呢？

你停住腳步，心情嚴肅，思索開始蔓延。

水重複擊打堤岸，提醒著故事的情節。

客廳的牆與牆肅立如禁衛，波斯地毯無聲地傳布著狩獵的訊號。

一件盛事就要發生，一場戰役就要啟動，一齣好戲的高潮，或是終局，就要來到。

身為軍人，你頓時敏捷起來，從沒有意義的漫想抽身，你驚覺，這不正是期待著的金絲猿的鳴叫聲嗎？你精神大振，生出戰鬥的情緒，現在必須定點它的來源，就以自己和周圍樹木的關係為參考，豐富的戰場經驗應該使你立刻能識辨出方位來。

但是，唱聲很游離，像是從一面，又像從幾面來，更像密密迴傳在每個角落，四面八方，使你無法定點攻擊的方向。你沒有料到，唱聲已在導引往前走的腳步，而且你覺得手腳都不再僵硬，步子不再滯重，四周不再冷得那麼沁骨了，原來氣溫回升了。

修葺的竹叢，豐密的松柏，長藤攀繞，蘭科植物從幽靜的蔽角探出頭，蘚苔和菌類在腳下鋪出軟軟的毯，還有長得正是興茂的叢叢的羊齒和羊齒。溫暖，滋潤，豐腴，生機洋溢的世界，如果你不親自走一趟，你不會相信這樣的世界確實存在。

臉上的冰霜融解了，變成水，滋潤了你的眼睛和嘴唇和乾裂的皮膚，經過寒索的前路來到溫暖的這裡，啊是的，你相信，終於你是身在金絲猿的鄉輿了。

深深呼吸，沁著草木芳香的暖和空氣進入肺腹，一路給折磨的身心得到了慰籍，你開始感到了舒解。你走去泉水冒著的地方，跪下來，上身匍匐在泉邊。唇一觸到水面，涸裂的皮肉就癒合了。多麼甜香的泉水，你以前沒喝過以後也不會再喝到的。

忍不住把臉埋在水裡痛飲起來，然後你抬起頭，手掌兜成勺，把水潑到頭上臉上——讓水洗回來原來的模樣吧。然後你等水面慢慢穩定平靜下來，也好看看自己現在成了什麼樣子了。

啊，水面你的臉旁多出了一張臉。

軍人的訓練警告你不可妄動，必須以最短時間作出最快反應，你明白，任何下一瞬就得執行的行動都是決定性的。

首先你要佯裝不知情，保持原來姿勢，同時集中心力，仔細辨分水面上的影像——晶亮的黑豆子眼睛，小小的翻鼻，圓滾的嘴，像個調皮的孩子，又像個小老頭子。水面微微晃動，兩張臉跟著一齊晃動了。不，不是人臉，就是由月亮照著，人臉也不可能有這樣的顏色。

那是哪一種顏色呢？

林風瑟瑟，泉蹭出細密的水紋，臉皴出細密的皺紋，五官開始恍惚了，臉像團暈月了。

傳說的飛躍於林頂的金光隊伍並沒有出現，衛護或救援都沒有到來；凡是落單的，違規的，自作主張的，狠不下心的，註定都是要給消滅的。

近距離射擊，子彈進入肉體，如同一粒石子悶悶擲入沼心，無聲地吞進泥濘，沒有漣漪。

一聲噗響，羊齒的莖折斷了，落下來，落在庭園的青石板地上。

二樓的窗關著，鏤花窗簾緊密垂著，沒有一點聲音。聽不見一點聲音。

藍色的臉往後倒下，月亮沉淪到水底，在那裡，一切都是渾暗的，靜寂的，迷惘的，溫柔的，不悔的，沒有仇恨的。

那是哪一種藍顏色呢？聽故事的人問。

天空星斗愈聚愈多，彼此的距離愈接近，產生自語細語和密語的關係。靠著椅背沉去了頭頸，相思的葉影在臉上爍熠，在腳前的迴廊的地板上爍熠，從黃慵慵的花心梔子吐出沉鬱的香氣。夏日的祕密。

各種物體開始在你眼前旋轉和旋轉，顏色開始濃熾，形成色彩的結構組織，發出最後一陣光曄，等待夜的前來，被它完全消滅後消失。

2 望鄉

江水初漲，沙水還沒有湧到，這是航行最流暢的時間。懷寧躺在艙鋪，聽見水波滾動，遇到船身，拍擊成碎片，匯歸原來的河水。再一波過來，重複一樣的過程，形成規律的固執的節奏。

隨日光漸消船客們漸休息了，人的世界靜下來，黃昏鋪陳，兩岸傳來獸禽的呼嘯，聲音遙遠殷切。

什麼在叫？懷寧問。

猴子在叫，吳蔚回答。

離臨莊終於還有一站，突然大霧從江面生起，很快就占領了河空，景觀沒入一片白茫，什麼都看不見了，船速減慢，試著向岸邊靠去，泊岸等待。卻見霧越聚越濃，沒有遣散的趨勢。天很快暗下來，世界瞬間淹沒在早來的夜裡。擴音機宣布，因為氣候突變，不得不在這裡暫擱一夜了。

晚食後懷寧提議上岸走走，吳蔚不贊成，「已經這樣晚，霧中看不見的，難說隨時又有新情況，不如留在船裡安穩。」

「就在附近，既然來了。」懷寧請求。對方考慮後勉強答應，不過要馬上回來，免生意外。

她們穿上外衣繫上圍巾，吳蔚說，「這霧也能濕透人的。」

地面又陡斜又濕漉漉，兩人勉強走著，不時還得彼此攙扶一把。

什麼行人也沒有，門都關了，只有霧水無所不在，飄遊在狹窄的路道上。她們攀上一條坡街，突然看見街底閃出一片熒熒恍恍的煙火，詭譎地召喚著。懷寧停下步子，「怎麼樣？」「似乎不遠，就去看看吧。」吳蔚說。她們轉過街面，從斜坡抄近路，兩人半攙半扶，邊拉扯著手邊的茅桿，慢慢滑下了坡。原來是個不小的場集，一片火點正是攤位的燈光，路上不見的人煙想必都聚到這裡來了。

頗熱鬧的市集，有賣成衣賣手錶的，鍋碗五金的，手工小玩藝的，草藥的，電器的，還有不知名目的土產山貨，奇異的獸皮獸角等。個個從頭到腳裹著厚厚的棉衣，擁簇在昏黃的燈光中，小吃攤旁圍擠的人最多。叫賣吆喝，大鍋敞開熱氣沸騰的烹煮，滾湯滋滋澆在五顏六色的食料上，冒起濃香的白煙。看著真叫人也想嘗嘗，卻被吳蔚止住了。「不好亂吃的，你我都是外來腸胃。」說的也是，懷寧記起她的隨身碗筷政策。

聲色令人遐意放心，隨著人眾無目的地移動著，一抬頭，卻不見了吳蔚。大概在後邊買東西，還是和人說上了吧，她從眾人裡擠出來張望。只見人潮一股股浮湧過來，裹在棉衣裡的人像是在水中浸泡過久，臃腫得外徵都消失了，只是框在黃皮底下的兩點眼睛仍舊精神，骨碌碌地轉動著。

一切突然改觀，這樣的陌生，剎時被驅進詭譎的異境，不明底隙的陷阱，一陣恐懼湧上來。

「吳蔚吳蔚！」見周圍人都轉頭看她，懷寧才發現自己叫大了聲。她開始奔走，倉倉惶惶，越發引起注意。可是，沒有吳蔚的影子。如果不見她，就自己快快回船吧。必須在熄燈前回船，她記起吳蔚的叮囑，加快步子，幾近奔跑，一陣以後卻又慌張地發現自己已經失去方位，畢竟是迷失了。

「對不起，」忍著焦急懷寧問身旁跟著圍來的人，「堤岸在哪裡？」

大家露出不知所云的神情，想必是自己的口音有問題，她猜想，仔細再說一遍，

「河岸，灘頭，有水的地方。」

「妳是說賣飲水的攤子嗎？」圍觀的一個年青人接口。

「不是不是，」懷寧忙搖頭，「河岸，停船的河邊。」幾個攀著手臂的女孩子看著她，吃吃笑起來。

「什麼河岸呀？」另一個男子湊上前。

「停船的地方，碼頭，請告訴怎麼走？」

「我們這裡是山坳子，哪來的河，哪來的岸呀。」大家露出圍巾後頭的暴牙，笑著說。

滿眼的人臉，缺乏蛋白質的人臉，剛吃罷食攤上的美味佳餚，抵不住驟來的豐腴，油都浮上了乾黃皮膚的臉，像帶著厚厚的面具把她獵物一樣圍在中央。她努力推出重圍，倉促跑起來，如果能突然瞧見吳蔚，只要見到她那矮墩墩的個子，眼前如同幻覺的這一切就會過去，她給自己打氣。

「外地來的吧？」蹲在成衣攤子後邊的婦人說。「是的。」她說。

「脫隊了吧？」

「是的。」她焦急地說。

「不要緊的，」婦人說，兩手仍舊攏在衣袖裡，「這裡只有一家客棧，妳一定宿在那裡，一會收攤，我領妳回去。」

「不不，」懷寧解釋，「我並不住在旅館，我是從船上下來的。」

對方瞇起灰黃的小眼，「妳說的船，是停在哪裡哪？」

回記從黃昏下船到看見熒熒燈光的一段路，懷寧揣摩時間，「走過來，也許十多分鐘。」可是她又記起是抄捷徑過來的，「不，打正路走，也許要二、三十分鐘。」

「這麼說，怕是不到半里路，不就在附近了？」

懷寧生起希望，「是的，就在附近的，請盡快領個路吧。」

「哎，我這會說的是，我們這裡可沒這麼近的河呀。翻個土坡是不錯，可是要再走上近百里，才能見到水呢。」

努力把百里換算成時間，重新回到原來的慌張。

「要是騎馬，大概一天可到。」

騎馬？懷寧無法想像。

「這可叫人急，」婦人很是同情，「不過，收市了熄燈了，妳一個婦女不能隨便遛蕩，總得找個地方過夜，我還是帶妳去客棧吧。」

勉強的對付方法，可是又有什麼別的法子呢？

和婦人說話的時間市集已經冷清下來，只餘幾個最後收攤的商人。夜霧果然能透衣，終於等到侵襲的機會，便從外表一路浸到了襯裡。懷寧記起小時候大人說的拍花子的故事，一隻手拍在你的頭頂，突然就給拐到完全陌生的地方。

婦人蹲下身，把攤上的成衣用塑膠袋一一裝好放入包裹裡，蹣跚地背到身後。「可以幫妳拿件什麼嗎？」懷寧問。「不用，還輕的，」婦人說，「妳跟著我走。」

不知過去了多久，木板門的那邊響起金屬碰擦的聲音，半截身形托映在門開處的一線郁黃的底光前，「都滿了。」門縫後一個聲音不耐煩地說。

「等等。」婦人連忙用手抵住門，「同志，只是過夜，明天一大早就走的。」

「都滿了。」

「有外幣的。」婦人提高聲音。

關門的手勢停下來，遲疑了一會，門總算開了。

值班的男人聽完懷寧的故事，長長抽了口已經到頭的香菸，從鼻孔吐出煙氣，把剩下的一點菸頭扔在地上，用腳踩熄了。

「的確沒錯，我們這裡是山城，河在百里以外，如果我們說的是同一條河，得穿山越嶺一兩天才見得，可不能像妳說的一下子就走到。就因為這重巒迭嶂壁巖峥嶸，我們這裡自古就是兵家必爭之地的。」男子驕傲地說，拿起小茶壺對嘴咕嚕嚕喝了一陣。

「這樣吧，有什麼聯絡的號碼，幫妳撥過去，關照一下。」

可是，懷寧突然記起來，這一路都是旅行社在照料的，不要說聯絡的號碼了，連船名是什麼都沒注意呢。懷寧暗罵自己糊塗，不過船票上旅行社的電話號碼倒是有的。

「嗯。」男人抱歉又像是嘲諷地笑著，「我們這裡還沒拉上國際線呢。何況，這樣打電話，又是山又是海的多遠哪，接不了頭吧？」

站在屋中央，懷寧仍無法接受自己現在是在一家旅館而非船艙的現實。呆望著空白的牆，她只怪自己不聽人話，否則這時好端端睡在艙鋪上，等天一亮，安穩到達臨莊，那該多好呢。

懊悔已經無濟於事，恐懼比懊惱和焦慮更冷悚，而它的核心正是懷寧幾乎不敢去想的那小手提箱。

就目前的情況來看，只能全數信託在陪同的身上，耐心地等她再現了。可是，如果她也出了什麼差遲，耽誤了航程，或者，帶了自己留在船上的行李捲逃了？或者，那邊的人並不知道自己此刻身在的城市，視它為虛妄之地，就像這裡人不知道她要去的地方，認為是烏托之邦一樣，索性把自己當做失蹤人物報銷了，那又該怎麼辦呢？

這片陌生的土地，什麼事都能發生，越想越慌，懷寧打住自己，勉強收拾情緒，準備休息。

寒氣徹骨，連大衣和鞋子都不脫，懷寧蓋上床尾褶著的棉被。一股髮油味衝上來，她連忙起身，脫下一件衣服，包了被頭再試著入睡。

通霄的麻將聲，似乎就在對門或隔鄰，忽遠忽近時強時弱，像陣陣的衝鋒陷陣，還是水浪擊打著船板，她多麼希望它就是河水在擊打著船板的聲音。

大火焚燒樹林，眾獸奔逃，煙熗味刺鼻。用力扇著棉被，得把火弄熄了，得把火弄熄滅了，努力地煽著煽著，火煙衝鼻，一點用也沒有。從夢恍中她驚醒過來，放棄睡的努力，蜷伏在床邊，等待牆上漸漸現出一塊灰白的窗光。

清晨，第一和唯一的一件事就是設法去臨莊。匆匆下樓，懷寧看見櫃檯後邊坐著的卻是和昨夜不同的另一個男人，不免在心中暗暗叫急，這下少不得又要糾纏在有和無上。

「我們自然是清楚的，」果然如此，態度還更堅決。

「妳既然不信，我們可以翻張地圖來看。」男子說，拉開身前桌子的抽屜，嘩嘩地翻找，終於找到一張破舊的地圖，再左摺右弄，把地圖勉強固定到一個部位後攤平在桌上，然後他站起來，用一根量尺像總司令指揮戰局一樣地比劃起地圖來，

「我們周圍五百里和什麼水道都不沾邊，老實說，這也是我們經濟上雖然全力以

赴，還是追不上其他縣城的主要原因。」

的確，何止是一百里，是在千萬里以外，那條河，本來是應該載負著自己的，卻離得更遠了。

「這是正確的地圖嗎？你確定沒錯？」懷寧問。

對方露出不快的神情，「就是地圖有錯，我們這裡生這裡長的，能錯嗎？老實說，地圖是拿來給你們看的，我們可不需要什麼地圖的。」

如果就此困在這裡，再也出不去，什麼人都不知情，和外邊的世界隔絕，一輩子下去，被當作失蹤人口，不見了——就是知道不可能糟到這一步，懷寧也不免被自己嚇到了全身發冷。

事情發展到這一步，有沒有河已經不重要，理論聽多了只會叫人更惶然，必須想辦法，必須想出辦法，她對自己說，必須盡快想出辦法來離開這裡。

早晨到來，式樣一律的棟棟灰色水泥房子從昨夜的昏暗裡現身，靠著路人的指點，她再來到市集。攤位已經開始布置了，人人都在忙，懷寧留意每個人的容貌，努力尋找，一遇到有點熟悉的就直奔上前。幾個彎轉以後，她再看見昨夜指引的婦人，正伏在地上扯接著不知從哪兒伸出來的電線。燈接上了，一時把婦人的臉照得通黃，兩小點黑眼珠閃著動物眼睛的光亮。

「大娘，對不起。」

「嗨，可不是昨天見到的姑娘嗎？」婦人站起來，笑著說，「還在這裡哪？」多麼親切的臉，多麼可愛的眼睛和笑容哪，茫茫世界出現了親人，懷寧勉強鬆了口氣。

「不要急，」婦人說，「我們一起來想個辦法。」

回船不可能，無他船可換搭，各種與河有關的法子都不存在，得考慮從陸上追。

「妳要去的那地方，究竟有多遠？」婦人問。

如果一切順利，第二天的一清早就能到達臨莊，馬懷寧記起來吳蔚曾經這麼跟她說過。

「那麼真是不遠的了，就估計它有四五個或六七個鐘頭的路程吧。不過——」

婦人遲疑，「妳要去的地方，究竟叫做什麼來著？」

懷寧把旅行社的票據拿出來，找到書寫了目的地的一行——填寫的是羅馬拼音而非漢字。婦人就著懷寧的手看了看，「嗯，這就可難說了。」「不過，叫什麼其實都不要緊，」婦人說，「只要妳去得了下一站就行了。」

「能嗎？」

「什麼不能的？把錢備著就好。」婦人笑起來，「這樣吧，今天我攤子不擺了，帶妳跑，付我一天陪同的錢，可好？」立刻獲得了同意。

「我們這就去縣委會吧。」婦人說。

婦人帶著她走了一陣，在一棟水泥樓房前停下來，懷寧抬頭，發現又站在了昨夜的旅社前。

男子看她進來，露出嶄新的笑容歡迎。由婦人重新介紹，原來男子身為旅社經理的同時也是縣代表，而旅社同時也是縣辦公室。

「妳方才急忙忙走了出去，我也就沒能把話說完。」男子笑著說，「老實說，不止是妳說的河我們不知道，往東南西北去的下個縣城雖然是我們的鄰鄉，是不是就是妳說妳要去的臨莊，零莊，林莊，或另莊，我們也不清楚。不過他們的確臨河，門路多，比我們這裡發展得好，妳到了那裡，至少容易找到歸隊的法子。」

「同志，還是請你派輛車吧。」婦人接過話。

「嗯——」男子遲疑，臉上露出難色，「臨時找車極不容易——」

婦人忙說：「可以先付車費的。」

男子似乎不為所動，依舊不急，「這不是費用的問題，妳是外僑，我們有招待的責任，一定要讓妳賓至如歸，充分享受到本地鄉土人民的熱情，有個愉快的旅程。」

「同志你說的可真一點也不錯，你看，昨晚上不是一打門就開了嗎？這不是特別照顧了嗎？」婦人說，「縣委會辦事的效率是沒人不誇的，大家這會都能翻兩翻，不就全靠指導您的調動機能嗎？」

男子依舊意定氣閒，「這可不是我邀功，關於這現狀條件發起提高套配規劃問題——」

兩人開始一來一往，好像面對了廣大的聽眾一般叨叨滔滔地宣講起來，懷寧聽得腦際一片空茫。雙方在口舌上都獲得滿足後，對話告一段落，男人答應打個電話試試，起身進去櫃檯後邊的房間。

「有我說著，多少節省一點。」婦人小聲說。「是的是的。」懷寧忙道謝。男子從窄門出來，臉上露著愉快的笑容，「妳的運氣還真不錯，正好有輛車去那邊取貨，勉強說動了司機。」懷寧又一謝再謝。

天色已晚，說定明天一大早出發。婦人臨去前叮囑，無論去的是不是要去的地方，都別管，明早盡快上車再說。

事情總算稍入軌道，懷寧這回遵守吳蔚先前的警告，不再走動，直接回到旅館，把它權充為亂水中的安全島。

情緒暫時穩定，精神驟然放鬆，倒一下子疲憊了起來，只想躺下來休息。杯裡的溫開水還是自己去要來的，縣委所說的對外客的款待還沒見哪處落了實。無論如何，早些上床，以備明天的車行吧。

隔牆洗牌的聲音顫動著床架，生出催眠的效果，竟就這麼合衣睡著了。

懷寧，叫喚的聲音，懷寧。

努力張開眼皮，尋找喚聲的方向，卻看見父親站在床邊，她吃了一驚，慌忙坐起來。

是的，懷寧，是我，將軍說。

見到父親，懷寧滿是委屈，「叫我去臨莊，在哪裡呢？怎麼去呢？真有這地方嗎？」

他們沒聽過，或者地圖沒畫上，並不表示就不存在呀，將軍安慰懷寧，別以為世界都跟妳想得一樣，妳覺得對，別人覺得錯，妳相信有，別人不相信有，都是一樣偏執呢。

「可是地圖上沒有，這裡的人都不知道，我又沒來過，怎麼個去法呢，它到底存在嗎？」

「懷寧，妳可忘了我跟妳說的一件事了。」將軍說。

努力回想——在說過的一一的事物中，哪一件最關緊要呢？——必須耐心等待月亮出現，還得估計它能一連照上幾個晚上，你能信賴的，莫非就是月光了。

「不錯，不錯，」將軍荷荷笑起來，「跟妳說過的事，倒也還能記得一兩樣。」

被笑聲驚醒，自己原來仍合衣斜坐在床頭，她連忙起身，拿起桌上的杯子，水早已冰涼。順手推開了窗縫，一股冷風竄撲在臉上。裡外溫度相差並不多，她索性開了窗。

天地一片混沌，哪有月光的可能性呢。

兩天兩夜的折騰，終於續上給打斷了的路程。司機錢晶是個頗壯實的年輕女子，看來爽直，動作也很俐落，懷寧強打起精神。到底是表示了禮數，縣委囑咐膳食那邊送過來兩個飯盒，還叮囑司機加滿汽油和水，帶著備油和備胎，一路當心，送她們上了路。

夢魘的來去都一樣突然和不可思議，努力去尋求解釋只會使事情越發迷離，唯一能對付它的辦法就是把它甩去腦後。是的，既然現在已經就要出發，前一時的種種都不必去理會了。

不過，坐上了車懷寧又憂愁起來，自己是在正確的路上嗎？不是一再被提醒，現在去的地方未必就是要去的地方？如果車開到的是另一處陌生的土地，那又該怎麼辦呢？懷寧記起地攤婦人的忠告——上路最要緊，其他不必講，走一步算一步——是的，上路再說吧。

司機小錢一邊開車，一邊從車座旁邊摸出一個燒餅遞給懷寧，懷寧說已經吃過了，謝了她。小錢拿回來自己咬了一大口，「野地上沒人沒車，我們盡可快。」她說。路面高低不平，車速一快就顛簸得厲害，轉彎的地方尤其險，窗外車輪邊就是陡直的懸壁，鐵青色一路刷下去谷底。

「慢點。」懷寧說，兩手抓緊了扶手，試著穩定就要順著弧線拋出去的身子。

「別怕，」司機說，「這條路我熟。」

除了時時因車速太快而有顛翻的趨勢，小錢技術實在不錯。中午她們停在一塊平地上，就在車裡吃了午飯，附近舒展了一下久坐的筋骨，稍後又上路。

車行繼續，景色平兀，從船上看見的遠遠的山嶽，現在走在它們的中間，景象比遙望更蕭索。時間混沌，空間無界，荒蕪是這樣的巨大，不必吞噬，你就從肉體到精神都自動繳械，送進它的口裡。

用手肘撐著窗緣提著精神，眼皮卻沉重起來，勉強支撐了一陣後終究是闔上了。

黑暗的水，無數的手臂，翻擁著搖晃著，她驚醒過來——

世界改變了，黑漆一片，是晚上了麼？

「可真睡了一覺！」錢晶轉過頭來說，「我們已經在林子裡了。」

坡原消失，取代的是樹林森森包圍，窗玻璃上黑黝一片看不見外景，黑底映出的是自己的顏面，和樹影一樣的鬱黯陌生。

「奇怪——」司機突然在嘴邊說，車速慢了下來，「不太像呢。」

恐懼驟然翻新，懷寧坐直身子。怎麼又不對了呢？她的思路迅速跳到平日的聽聞，攔路綁架搶劫之類，難到這小錢也是？瞌睡的昏沉掃空，她全醒了過來。

嘿——司機張望，「嘿——樹林應該只有一條路的。」

不要說在無人的荒野中，這一整片的國土上是隨時隨地都有人打殺作案，而後又沒有人理會追究的。

「嗯——」司機沉吟，「看起來很像，看起來又很不像。」「難道是開了另一路，還是舊路翻修了？」

「這可難說。」司機回答。

如果就這樣遇到歹徒，被完結在林中，那可不值得——

「這可難說。」對方呵呵笑起來。爽快的地方原來全是狡詐，懷寧的心跳到口中，手掌發涼。

引擎軋軋，除此以外聽不見別的聲音，高燈只能照出二、三十尺的前距，其餘都落在黑影裡，樹幹揮舞著枯白的手臂迎面攔擊，被車燈從中間劈成兩排，不情願地閃退開，高舉手臂在車後又聚成一片，無聲地追喊上來，枝椏搔刮著窗玻璃，發出髮裂的聲音。

「快開！」懷寧催促。

「只是一個樹林，怕什麼。」司機回答。

快開快開！懷寧催促。

車速直線上升，四個輪子飛奔，枝椏迎面衝來，擊打到窗玻璃上，直劈刺在臉上。是的，撤退的隊伍在樹林中遇到了埋伏，一場勝算在握的戰役開始時受到詛咒，結尾時又被改動了預定的結局。

這散布著水沼的樹林是最後一關，之前的戰役你一一都慘敗，然而只要你通過這裡，一切都能轉危為安獲得新生。這一片樹林是你的家鄉，是你常狩獵的地方，何等的熟悉親切，就是黑暗得不見面目，腳下每寸土地都應該是善意的，可以信賴的。何況你有約在先，救援就在前邊迎接你。

然而空禿的枝幹密立成劍戈刀槍，現在排列出陰狠又冷峻的陣勢，變成了層層重重的殺手，竟是將你反置在被獵的位置，要來奪取你的性命。每一棵樹都熟知你，知道你的致命點，現在它們舉起刀臂逼近，在徹底的黑暗中非常清楚你的位置和舉動，你只感覺到它們是如何準確又銳利地擊向你的頭臉，劃開你的皮肉，分裂開你的肢體。

究竟是誰，藏匿在這最後的一站，要來終結你？是乘勝追擊的敵方？背信的友軍？還是儲意復仇的鄉親？這埋伏你的人是敵還是友？

樹林不再是純潔的自然環境、溫馨的家園，它已蛻變成仇敵，妖魔，據佔在死與生的分界線上，強留你在這一邊，你走進魔障落入它的咒語，現在它呼吸沉重，緊逼前來，要決裁你的命運。你奮力嘗試逃脫，上身往前拋，臂膀往前伸，可是腳卻陷在泥裡，緊緊被吸住，啊，你從腳到頭都已經緊緊被泥濘裹住和拖住了，和你一樣堅絕的泥沼要和你像勁敵摯友袍澤愛人一樣同歸於盡。

快開快開，懷寧催促。

再快不了了，小錢說。

快開快開快開！懷寧催促。

你必須通過考驗，只有你一個人知道埋伏曾經發生，並且知曉它的過程，只有你是目擊能澄清事件，別無選擇你必須通過樹林。

快開快開快開！

眼前終於出現一道青光，就以它為唯一的希望吧，現在車子緊繃所有力氣，向它奔去。靠著不怕迷路也不怕密林的小錢，他們二人到底是掙脫了樹林的糾纏，開出了險境。

杳遙的前程出現了昏朦的夕光，後路已在尾煙中逐漸退後，懷寧回頭，看見黑鬱又龐大的樹林蹲踞在不斷拉遠的距離中，像是一位放棄追趕的巨獸，在空曠的虛無中被自己逐漸吞噬，消失在遺忘裡。

就到了，小錢說。

不用提醒她也知道目標在望而且確知它的名稱，因為，當她轉過頭來面對前景時，她看見初夜的青空中，不知什麼時候已經昇上了一輪月亮。

車速減慢，蒼穹迤邐無限，月光下從地平線逐漸升起城市，瓦簷閃爍著如銀如水，如古青瓷的光芒，升起了馬至堯將軍一生心魂牽縈的城市，臨莊。

四、所有認知過程都是憂鬱的（M.Proust, 1871-1922）

白晝漸漸從晨靄中醒來，船向前航行，在波光的河面劃出如鱗如羽的細紋。懷寧靠著船邊站穩了腳，瓷罐傾斜在一個合適的角度，雙手緊握著瓷罐，保持了這樣的姿勢，讓灰從罐裡均勻而持續地傾出。

襯托在曦光中灰透亮了，金紛一樣灑落和灑落，隨著緩慢前進的船速，灑落在粼粼閃爍的江面，直到全部都盡了，完成了對父親的承諾。

河景逐漸開闊，水天一色，在旭光中從田野，公路，電桿，樓宇，房舍，回到顏色，嗅覺，味覺，觸覺，和光影的世界，與敘述裡的城市重新疊合，再進入故事。

果然將軍如約前來，卻是少年的容貌，一身戎裝颯爽，肩帶斜過前胸挺拔地繫在腰際，雪白色手套，及膝的長馬靴，正是照片裡的英姿。

總算是看見了？

看見了。

相信了？

相信了。

那麼，將軍笑著說，可以告訴你故事的其餘了。

1 百重崗之戰

一九四八年十一月，戰爭來到最後的總決戰，勝負懸於輞川流域，是的，就像你在地圖上見到的，這一線水域東薄江湖，南入海洋，西出峻嶺，北上巖漠，綰握各方要道，守得住，壓制敵人在北岸，能保住半壁江山，也能讓轉移島嶼的行動獲得充分的時間；守不住，敵人渡江躍進南方，直逼中央，山河便將變色。

百重崗群山懷抱，溝壑縱橫，崗崗相連，磐據在坡原之上，密林河川護衛屏障，形成自然的防禦重點，易守難攻，這是古來的兵家必爭之地，此時的聯絡線上的樞紐，總戰部下令馬至堯將軍率第八兵團向百重崗轉進，守備山嶺，一方面因為將軍剿匪以來屢建殊勳，一方面因為將軍熟知當地地形人情，這裡是他的家鄉。

將軍推算對方兵力龐大，民工素質雖然參差不齊，但是動則以萬計，且有強有力的後勤保障，不可忽視。他的部隊是重械隊，平地上千軍萬馬都能應付，進入山區作戰不能施展是個考慮。然而將軍身為捍衛國家效忠領袖的忠貞軍人，中樞要他去哪裡他就去哪裡，何況這一戰的成敗將嚴重影響其他戰局，是將軍過人的沉穩作風受到了重視才被點名受任的，這般得到領袖的嘉賞，將軍除感激外自不做二想。南方大勢緊急，臨危受任，將軍心中其實頗感到驕傲，是的，云云諸將之間，除了他，誰能、誰敢承擔這一任務的呢？想到自己擁有訓練有術打過硬仗的勁旅，機械化現代裝備，戰勢上具有居高臨下的優勢，何況各脈友軍隔山相望，都在幾個小時的救援里程內，將軍對勝利充滿了堅強的鬥志和必勝的信念。

擅用奇兵的將軍這次使用的策略是，據守山崗以自己為吊餌，吸引敵人野戰部隊集合兵力來環打，這時由鄰近第七軍團東下從敵人背後進行狙擊，第九軍團從西南跟上應合，前後火線夾擊，中央爆出火花，就能殲滅敵人一支最主要的兵力。

這招險計只有將軍敢想，也只有將軍敢做，但是成功繫於一個條件，是的，他必需能作持久戰，而友軍必須能如時或及時趕到，否則就會成為甕中之鱉，後果不堪設想。

將軍擺出這棋子，隱隱也感到險，暗自留下一個退路，如果情況不利，撤至十里外的臨莊，在多條水渠通向南方的臨莊，他可以有一條生路。

將軍已先令親信侍衛隊長率子弟兵騎兵隊千名駐守臨莊，隨時應變迎接。從山崗背掖小徑撤退和騎兵隊會合，沿水道南馳，敵人不明水路必不敢冒然尾追，就可以重歸大軍轉危為安。

將軍令輜重營留守，不帶重械，帶迫擊炮、輕重機槍等，騾馬等，率隊向百重崗進發，人馬種種都拉拔到山嶺後，迅速排兵列陣，展開防守工事。

不出所料，敵人果然彙集東南地區各路兵力前來，發動主力縱隊，目標是要用最快的時間杜絕將軍的外圍援進，把他孤立起來，徹底消滅他。

第一輪攻勢開始，敵方放出民工和士兵的混合打陣，瞬間一批批穿百姓衣服的和穿軍服的蜂湧上來，快速迂迴穿插，一心要岔切將軍與外的連接。將軍這邊隨即應戰，先用密集炮火炸轟敵方衝鋒陣線，再用榴彈、重機槍等掃射其餘。

蓋地鋪天前仆後繼只見人眾奔跑翻騰攀爬在原野山坡，像傾巢的螞蟻秋收的蝗蟲一樣的密密麻麻，不見天空地面不斷湧上來湧上來，放眼望去遍地皆是人，視線所及滿山滿坡滿谷皆是人，無止無休無盡，人類為蟲仔為草芥再沒有這樣慘烈的規模了。

敵方衝鋒兵不斷密集上前，專為消耗這邊的彈藥，繼之開動主力部隊才是正式開打。將軍集中精良武器和藥彈，驟雷急雨般轟出去，山面彈孔密布，岩石爆裂成碎片，一塊都不能倖免，炮聲槍聲吶喊聲，漫天的煙硝，鋪地的火光，一波接一波像暴風雨中的波濤和草浪，覆倒又翻起，翻起又覆倒，傷者亡者很快積累，好像地面一下子湧起了新丘陵，這裡那裡都冒出了新土垛。

對方不惜犧牲劇烈，壓縮速度和決戰勇氣都令人吃驚，將軍一面應戰，一面急催第七軍照計劃馳進，向第九軍發電要求立刻啟動後備增援，急電剿總部請火速促令各軍開拔圍進敵後。

戰事變化倏忽，將軍不知道，還沒來得及知道，不過兩天第八軍在敵人迂迴襲擊下已經自顧不暇，僅能保有原來陣地，無力出擊救援了。而第七軍這邊，敵方內線埋伏早已掌控情報，善於偷襲的敵方得知兵力祕密轉移，乘隙突擊總部，開跋路上的第七軍受令回調保衛，頗有損傷，團總急於自保而逕自放棄合剿方案，也不能過來照顧了。

身歷百戰的將軍深知戰局不測在分秒間，並不驚慌，一邊嚴守巖頂，維持多重炮擊線，用火網控制住前沿陣地，把敵人兵力制約在坡底，一邊頻頻急電總戰部。回電強調固守勿動，等待助援，將軍也明白，只要自己奮守下去，把南線一半以上的敵軍兵力牽制在這裡，南方戰場其他人都能乘機喘口氣，重新布局另作打算，將軍為犧牲準備著，就是要用他來制衡早已出現頹象的大局他也是慨然接受的。

日夜激戰，血流染遍山崗，犧牲空前慘烈。強大火力暫時遏制了敵方的攻勢，卻也消耗了大量的彈藥，而趁看不見的夜裡，善打隱晦戰的敵人在荒石草隙間摸索往上移動已經蠶食到坡麓。

勢態出現逆轉，現在一方比的是耐力，一方追趕的是速度，敵人在外線可以主動運用時間和空間，靈活有效地進行補整和攻擊，將軍這邊在內線應戰，居高臨下的優勢現在反成為危據山頭的劣勢，而隔山相望幾乎能望見彼此臉目的友軍們，似乎各有心事各懷打算，救援只在電報的咄咄聲勢上，那該出現的兵隊卻是望穿秋水，不見對方的蹤影。將軍的主力軍這時和附近支援軍部隊已經分割，而敵我距離卻越來越接近了。

十一月的輞川水域，指揮部的巖壁都封上了一層冰，室內比地窖還冷，令人不能閉眼休歇。苦候的將軍明白這仗一旦打長，越對自己不利，擅打游擊戰的敵人能靠當地的人力物資就地整修而致戰力持久不懈，自己這邊拚後勤靠的是鐵路和飛機，鐵路自然到不了山上，而此刻飛機空投次數和投量都跟不上需求。迴避敵人高射砲火飛機不敢低飛，兩軍戰場相距太近而空投場有限，不少物資都誤投去了敵營，補整方面將軍這邊已經頻臨衰竭了。沒有水源的問題這時也嚴重起來，士兵飲水中斷，輕重機槍管的水冷筒裡無水可加，不能冷卻而連續射擊，精良武器失去功能形同廢置。

態勢繼續壞下去，將軍想，與其等敵人攻上山嶺，坐以待斃，不如趁他們尚未立足的時際扭轉被動為主動，突圍出去。總戰部不再堅持遙制，令將軍當機決策，立付實行，然而將軍也明白，只靠手榴彈和衝鋒槍從山頂往下衝是一條血路，這下下策不到最後是不得輕易執行的。

這時突然收到第十軍的電訊，通知已派出一旅人馬從右翼進援。將軍以為援軍到底是來了，迅速調出相應兵力引動右側敵人，要和援軍裡外合陣並肩一鼓作氣打出個缺口來，但是援隊始終不見現身，而自己的應接隊伍卻是有去無回全數犧牲了。

變化突兀，軍令模稜，進退兩難，情況曖昧詭急，鏖戰不過三天三夜，坐擁重兵的將軍已成為獨守山頭的孤軍。他不得不痛下決心，命部屬率領小隊各自相機行動，嘗試突圍，然而敵人不知怎的又是先知道了動機，迅速調集火力兵力圍堵，越發箍緊了口袋。拉扯了數回而不成，封鎖線始終不能破，雙方犧牲都很巨大。

這時候，最令人擔心的冬雪，準時又雍容地下起來了。

雪越下越大，日以繼夜，一尺外的頭臉都看不見了，攻防兩方都暫停。衣食匱缺，士兵們把能有的衣服都穿上了身，衣上加衣，白天晚上都不脫，臃腫地窩踞在戰壕裡像冬眠的野獸。飢寒造成的頹勢並不下於彈炮造成的，不過雪水倒是解決了沒水的問題。

四周詭異地靜下來，世界凝結在緊張而冷肅的氣氛中，除了發報機嗡嗡地響著。鉛沉的天地，蒼禿的丘原，冷漠的岩石，陰鬱的森林，壕溝縱橫像深切的割痕，堆堆土垛蹲伏著像披著黑衣的幽靈。峭寒澈骨，士兵背靠背縮捲而坐，用彼此的身體來抵禦寒冷。皮肉一塊塊凍僵了，手指腳趾綻開了口，瘀紅色的血紋龜裂了乾瘠的皮膚。

雪不停地下著，空投停止，糧食罄盡，士兵們開始殺騾馬，堡壘這邊生起了火堆，烤肉的香味瀰漫在寒冷的空氣中。冬天家裡的庭院也總是架起一爐這樣熱烘的炭火的，他記起節日時辰爐火旁的忙碌和豐腴。現在這堆火邊圍著的士兵們，還沒來得及洗去身上抗戰的硝煙味，又被送上了內戰的戰場，這些年輕的士兵，有的還只是十來歲的孩子呢，都是父母生的，多少出生入死，多少埋骨沙場，都回不了家了。不過餓成青草色的一張張的臉給火一烤，倒又都紅潤起來，期待著烤肉入口的臉上又都現出了無知的快樂笑容，跳躍的火光之前竟有了幾分節日的景象了。這雪一止，敵方發動總攻擊，就是死生的一搏，短暫地快樂一會吧，將軍倒希望這雪下不停了。

2 雪花

時大時小，日以繼夜，在空中縈劃著或密或疏的白色線條的雪，沒有中止的趨勢。很多年以後，當將軍坐在長安里的迴廊的藤椅中，回想這一場十天的雪，到底是給他帶來了危機還是轉機，害了他還是救了他，給他下出了死，還是生，依舊是讓他思索的問題。

行動停止，世界寧靜，時空凝聚，又是記憶蠢蠢欲動在鎮壓的托塔下，我們來到前述尚未澄清的一個節落，如你猜測，第一夫人的出走。

是的，正是在開拔千重崗的前夕，夫人離家出走了。

要弄清楚這回事，我們不得不從另件事說起，兩件或許並無關聯卻接踵而至，幾幾乎摧毀了戰爭摧不毀的將軍。

是這樣的——

對第五軍軍長C將軍的臨陣變節，將軍持有不同的看法。時局混亂人心惶惶，立場路線策略等等都難以釐定，C將軍必定是聽信誤導一時判斷錯誤，並不是真有背叛的意思，將軍是這麼認為的。這位黃埔同期袍澤，將軍非常瞭解，是個忠心耿耿、在戰場上不要命的人，因此當他在投敵前夕密勸將軍一同行動時，將軍還反過來相勸，要他別作出傷害國家民族後悔莫及的事。

對方如此信任自己而托以生死祕密，他倒寧願瞞著他什麼都不告訴的好。這一知道，把他放入險峻的道德天平上，對國家的忠誠，對夥伴的忠義，無論傾去哪一端，都是大災難。

陣前異動牽涉重大，如果不能立即遏阻，對個人對整體後果都不堪想像；隱情不報，罪等同，一併懲罰是兩失的局面。如果二人的密談被人知曉被誤解謗譭，那麼厄運更是會轉來自己的頭上。

C將軍走後將軍長夜思索，心中明白，就算領袖一向如何賞識他且引以為左右手，此刻局勢如何依賴著他，是不會聽他說什麼的，而他自己也是在權謀和實利的高纜上忖度著事務的。

將軍不眠，熬到了天亮，決定上報。

將軍懇求領袖特赦，敕令C將軍與自己共赴戰場並肩作戰，將功抵罪，願意以自己的性命來保證C將軍的忠誠。這一番無用的話領袖當面同意他並不感到意外，他也不感到意外當第二天正法的消息傳來時。

然而將軍覺得當胸自己也中了一槍，嗒然若失。老友的命運在他本人拿定主意時就已經裁決，他救不了他，挽不回什麼局面的，但是那夜晚的密談他卻可以當它不曾發生，聽到了的可以選擇不去記住，由別人去做通報這件事的。然而做了的是他。

他的身心煞時空洞起來，內疚像黑霧一樣地襲捲過來。

緊接而來夫人不告而別。

他早就知道她是民青的一員，沒有說穿反而暗暗掩護著她。只是學生活動並不嚴重，何況她也是個主意倔強的人，等到了合適的機會再好好規勸吧，將軍是這麼打算的。沒料到事情遠比想像的嚴重，趁著他少有的心神失常，夫人倒是領先行動，令他措手不及。

這樣暗中策劃不告而別，把他屏除在外，最令他不堪了，一個軍人最不能接受的就是欺瞞背叛了，何況還是枕邊人。被淘空的身心倒像是專為等暴生的怒氣來填滿。就走在同一天，是利用自己精神的空檔，知道自己不及管到她嗎？是出於早就藏在心中的想法，因正法一事突然做出了決定？也許……可能……是的，她必定是在想，既然能曝露生死與共的袍澤，那麼妻子遲早也一樣可以交送出去的，或者……是的，她在想，解決了一個同袍以後就要來對付她了，於是對他生出了戒心，害怕起來，不得不倉促採取行動？或者，也許是因為鄙視他的作法而臨時決定離開他？如果不曾發生前一事，會發生這第二件事？第二件事是第一件事的懲罰？或許不是的，應該不是的，如果早就拿定了主意，走不走只是時間問題的。可是這樣不露一點端倪地隱瞞著，不留任何討論的機會商量的餘地，難道是因為，是因為眼見自己身在黨國牽涉千萬人性命，與其說出真情，把他又推入選擇的深淵，不如不說，由自己承擔了——難道她是體念著他的辛苦，其實這樣在為他著想？

將軍頹然在紛沓的推測中，不動聲色，血脈在內裡賁張，心火把臉燃成了鐵青。好好的一個女子，他咬牙切齒，要去沾惹什麼混帳的政治！失控的時代，幼稚的左傾分子，愚蠢的理想主義者，以為正義都在你們這邊嗎？一批不知天高地厚死活的學生，以為你們的行動可以拯救國家？難道不明白等著你們的是豺狼？

在咎責憤怒猜疑之間來回撞擊，將軍輾轉反側，表面不動聲色，痛苦咬嚙著，都放在心裡。他一句話也不說，臉黑沉下來，面容越顯得嶙峭，周圍人都為他擔心了。然而這豈是容得了私情的時候？這是每天重大事件不知有多少的時代，這一分鐘發生下一分鐘就有更大的湧來，如此應接不及，件件都變成了日常瑣聞，口中傳送的流言蜚語。

身為征戰中的一國之將，一思一念一舉一動都是江山性命，久歷沙場的將軍很明白，自己的身分是什麼情況都不可困惑，不可糾纏，不可在意，不可情長的，除了戰役和戰役。

轉移百重崗令到，將軍掙脫纏磨他的妖魔，精神全數投向了戰役。

既然自己的世界崩潰了，那麼，就去迎接那更大的世界的崩潰吧。

空氣中的火藥味被雪濾除了，夜變得輕盈起來，沒有了喧囂聲，戰爭暫時隱去了遠方。戎馬生活是這樣的匆惚，將軍的心的底層其實對廝殺已經有點疲倦了，端靠著每次再臨場而再振奮的。等戰爭過去，他總是這麼想，等戰爭過去了，他們可以一起脫離這環境，回去家鄉還是去住在什麼喜歡的地方，她一直喜歡多水的南方，或者找一個考察的理由一同到國外走一趟，離開這殘缺的國土。到外邊去，看看外邊的世界，他早就想跟她說，告訴她這一個個的計劃的。

戰爭接著戰爭，戰爭占據了所有的時間和精力，落失了各種期望，截斷了人間關係，切割了年華青春。

冷空氣中有一股夜的精神，那是終於等到屬於自己的時間，夜釋放出了力量。夏天的夜晚，她喜歡在前襟別一簇晚香玉，就是萎了取下來，人還是隱隱地香。空氣中瀰漫著抗戰勝利的欣喜，民族出現生機，國家重新出發，人民的的生活將重新開啟，他們會有個安適的家，再生幾個孩子，他一直想辦一所學校，她是大學生，能教書的。

他把木板桌面整出一塊地方，煤油燈的蠅蠅火點移過來，坐下在凳上，攤平紙，拿出前襟口袋裡的派克筆。用口氣呵著筆桿的時間兩句詩出現了在腦際——回看射鵰處，千里暮雲平——誰的詩？啊，是的，王維的詩，自己一直很喜歡的觀獵呢，能背出全部的。開始第一句是什麼？他往回記，是很久以前背的了，那時候，那是承平的時候，一段短暫的美好時光，革命告一段落，北伐尚待開始，大家的生活稍稍上了點軌道，對未來都充滿了希望。

他把木凳挪近桌面，提直了腰脊，拿正了筆，小時候背誦的東西是一輩子都不會忘記的。

現在還有回看射鵰的機會麼？在空無一人的黝黯又寒冷的碉洞，將軍冷冷笑起來。然而鋼筆用得像毛筆一樣不苟，二句十字的筆峰就透出了書法的遒勁。

他開始寫信，第一封給領袖——這是在寫絕筆書了。

「臨危受任，生死在須臾間，一息尚存，誓為國效忠到底——」

「守衛國土，乃軍人天職，忠志之士，忘身於外，地不能守，唯生是問——」

深具節操的軍人對家國領袖有忠誠的情感，每個字都有它泰山的重量：

第二封給屬下及士兵——

「歷經百戰的好漢們，你們都是我同甘共苦生死與共的弟兄——」

「你們奮勇衛國，奉獻出自己的性命，個個都是民族的驕傲——」

夜色逐漸淡了，兩封信寫好的時候，窗外已經朦朧現出了天光。他把信謹慎地放進信封，密封好，由戰爭切割的生活在兩件信封內完結。

然後他寫第三封信——

「愛妻——」

他其實不常寫家書，也不擅寫的。每次出發他不一定都能先告訴她，也避免告訴她，不想跟她道別。和她在一起的時候他總是不說話的多，他是這麼的不擅於表達情感表露自己，不過他總覺得聰慧的她是知道他無言中的意思的。

能說些什麼，要是開口，能說些什麼呢，他所熟悉的，除了戰爭還是戰爭，生活只有戰爭。戰場上驚險迭出，好戲連場，充滿了聲光激情，你一進入戰場，就像登上戲臺，不顧性命一味使出渾身力氣演出戲碼，萬眾也熱烈地期待著你，然而出了場地，在戰場以外的日常生活中，在這戰事暫停而洞外雪花紛飛的靜思的時間，將軍深深覺得，自己和一個普通人一樣的遲鈍，一樣的平庸，一樣的乏善可陳。

他記起一些不應該做卻做了，應該做但沒有做，應該這樣做不應該那樣做的事，回想被自己蹉跎了的人間關係，輕忽了的共處時光，損傷了的愛情，在腦中尋覓夫人的影像，從來沒有這樣強烈地意識著她的存在，嚮往和她在一起，也和一個失去了愛人的普通人一樣，澈骨地想念起她來。

他想到那一個空襲的夜晚，空洞的大廳，黑膠唱片兀自在留聲機上旋轉，轉出女子細柔的帶著點沙嘎的歌聲，窗簾恍動之間第一次遇見了她。他沒想到的是，這二十世紀前半葉的光影聲色跟隨著他，以後又開啟了他二十世紀後半葉的生活。

現在的此刻，她人在哪裡？跟誰在一起？平安麼？本應該是在家裡好好等著他回來的，不是嗎，倒是不見了，去到了哪裡呢，信就是寫好了，又能遞送去哪裡呢？雖然身在同一個國境同一塊土地內，這左右一分就是天涯，再也見不到面了。

墨水凍了起來，他把筆管合在雙手間，仍用口氣呵著。雪花剉刷在窗外，十多天前知道她離家出走時的那怒火現在給雪剉得只剩下餘燼，留著一縷細細的煙氣，暖不了凍裂的手。他把筆擱在紙旁，深深吸了一口氣，手上的黯紅色的裂紋遇熱，隱隱疼了起來。

裡外都被雪遮住了，什麼也看不見了，世界被雪抹除，窗框所見只有茫茫一片白，時光在空白上閃爍，人物的臉面亮起又隱滅，一幅幅一格格一帖帖，與雪花婆娑錯過眼前。餘燼熄滅了，化成悲哀，沒有形相。墨水滴在紙上了，就由它暈開吧，從眼眶一路浸到了胸腔，再下來就又要結成冰了。

雪無聲地下著，山丘和岩石，散落的攻防設備，炮車，壕溝，人體的丘垛，軍帽，軍衣，握在手中的機槍，扣著機板的手指，數千的數萬的生命，有名字的和沒有名字的，有家的和沒有家的，生的和死的，就此劃下止號，覆蓋在厚厚的雪毯下，如同靜靜地入眠了，眼前的現在看來更像隔世的遙遠的記憶。死者以雪埋屍，傷者等死，生者絕望地抗抵著的時間，森林河川岩石無聲無言，為人間的荒涼人類的愚蠢而哀悼，而悲憐。

他檢查了一下腕錶的時間，午夜三至五點的寅時，萬物滋長的時間，最後一搏就要到來。他抽出佩槍，扳開槍膛，重新上滿子彈，扣回槍膛，金屬擦抨發出清脆而決斷的聲響。

他走出碉洞，俯身握起一撮雪，在掌心捏緊了，使勁摩擦著自己的臉側，不斷不斷地用力磨擦，把雪塊緊貼在太陽穴，一心讓冰寒直達腦心，使神經麻木，就可以再謀策再廝殺。這是一場拖泥帶水混淆曖昧自我相殘的戰爭，這戰是打不了的，他心裡明白，她其實比他聰明得多。

低低橫掃過地平線有一片青光，那是雪霽的消息，遙遠什麼地方雪已經停了。拂曉，天空沒有雲，出奇的乾淨，整片青色凜冽抹過如刀片劃過。

訊號彈升空，爆出銳利的火花，宣告戰役再開始，敵方完成補備已壓迫在山頭，再度撲捲前來，輕重武器齊發如急風亂雨，炮槍火力震開天幕，刺耳的衝鋒軍號，沸騰的吶喊，殺聲震野，雙方傾力盡出，鎦彈刺刀血肉搏殺。子弟兵枵腹應戰，損失殆盡。

持續了十五個小時，百重崗陷落，將軍身邊只餘十七人。

破壞重器械，摧毀電臺、聯絡機，在如血的殘陽中，一行人攜衝鋒槍從掖路南撤，準備和自家騎兵隊會合。

經過樹林時遇到了埋伏。

我們究竟得把暴亂造反朝聖等，清鄉剿匪護國解放戡亂革命等等，放在一起說了。

如果你還記得，我們故事一開始時提到的，臨莊百姓認為每三百年聖像和盛世就會復臨人間的事麼？啊，是的，大戰進行得熾烈，而人民沒有一天不期盼著的那三百年後，終究是再來臨了。

鄉中的耆老智者們慎重禮誥了天地，貞占出年底的吉日，於是人們從開春起就高興地準備著，到底是等到這一天了。

村寨房舍都收拾乾淨，換上祖傳的貴重衣服，女子戴上美麗的銀冠，捧著香花和供品，男子拿著銅鼓嗦吶蘆笙海螺等，從不同的方向和住處歡歡喜喜結伴成隊入了林，人數從千到萬後來說法不等，在屠殺的隊伍朝向他們邁進的時間，正在樹林中相互問候祝賀，舉行著七天七夜的歡慶呢。

他們設置祭壇，懸掛諸神肖像，供奉酒食祭品，禱祝祖先的功德，追念先烈們的英雄事跡，讚美和感謝，鳴火槍，放鞭炮，各種樂器齊聲伴奏，一邊歌唱一邊牽手連袂跳舞，一一經過了和贊，焚褚、祭爵、請聖、謝聖等的嚴肅的儀式來表達虔誠的心意，並不因戰爭而疏失了哪一節步驟。

前邊已經說過，大決鬥時間這一帶動靜都在嚴密觀察中，總部獲得人眾聚集山林的情報，對方意圖不明動向不明，沒有時間釐清情況，電令將軍在轉移百重崗路程中盡快一併處理。

將軍責無旁貸，領軍朝樹林進發，身心沉甸甸擔負著前述諸事帶給他的衝擊。離正道不遠的樹林正是和平時日的狩獵所在，而此刻手中的獵物也並不稀奇。將軍率隊抄捷徑涉泥淖進入樹林，果然看見異常騷動。士兵立刻排開陣式，從三面匍匐包抄圍進，不給對方逃脫的空隙。先用殺傷力最好的迫擊炮發動攻襲，繼之以強榴彈轟炸，輕重機槍掃射，步槍刺刀等砍殺——進襲、猛撲、防堵、截擊，一節節戰鬥程序執行得也並不輕忽。將軍下令全數殲滅，不到一個時辰達成任務，昭現了鄉人再一次覆沒的預言。

然後將軍領兵急奔百重崗，在就來的未來，面對他自己的覆沒的命運。

3 林沼

那麼，埋伏者到底是誰？是已經控制了林沼的敵人？布下暗算以消滅口實的友軍？還是急於復仇的本地鄉民？是受到了敵人的包圍，還是落入了友方的陷阱？我們仍舊被這些事情困繞著。

讓我們再回來原時間和原地點——

現在百重崗南向掖徑上將軍一行輕裝簡行兼程，切盼在視線完全失去前通過樹林。

只要通過林沼，臨莊在望，就能重獲安全。

樹木陰沉地合攏起來，包圍過來，黑暗攫取一切，將軍叮囑眾人自行為戰，各找生路，一切以存活為重。

瞬間每人都被封鎖在孤立的狀態，和其餘隔斷了關聯，身邊沒有一件實體，腳下踏不到一塊實地，沒有了友伴，沒有了接應，黑暗連影子都吞沒了，伸手連自己都摸不著了，這麼徹底的虛妄和黑暗，只能在雪沉的泥濘裡各自盲目地摸索前路。

就在這時，槍聲突然大響，子彈咻咻竄來頭耳邊，將軍立即匍匐在地，手臉都貼去泥濘，在透澈的黑暗中試著辨分槍聲的來向和距離。

視覺失去，聽覺卻更靈敏，子彈劈啪爆裂像節日的密集爆竹，彈頭在林中奔馳穿梭呼嘯出刺耳的尾音，樹木中彈，禿枝戛然折斷，遲鈍地打在泥雪的表層，然後給吞噬著進去，發出食物卡在喉中的沉悶的嗝嗝聲。沒有人的聲音。

人在哪裡？誰中彈了，受傷了？誰陷進了泥淖？誰在竭力奔逃？誰僥倖突圍了出去？

而將軍呢，將軍自己呢？他匍匐進泥濘，是的，槍聲響起時希望就應聲破滅了，他不再期待什麼，放下搏鬥的打算，沉下了心思，哎，身經百戰的將軍，甚至連逃生都不再想，他只靜靜地捲伏進泥濘裡，好像臥入了睡眠，明白了，當你落入這麼空妄虛幻，無能為力的處境，所有意志都是無力的，所有努力都是無效的，只能由它發生，以虛無來應付虛無，讓淖泥緊緊掌控自己，掌控了地面，強使淪陷在上的一切都匍匐到它的裡面，接受屈辱，也變成泥濘。

沒有了存在，沒有了空間和時間，只有泥濘和泥濘，一切都淪陷在不能掙扎的泥濘裡，這一場不明不白自相殘殺的戰爭，前一局瓦解了你的精神，這一局要吞啜你的身體，而且不會留下任何痕跡或證據。

槍聲逐漸減少，不知過去了多久。

漸漸安靜下來，不知過去了多久。

煙硝的氣味消散，肉體腐爛的氣味又瀰漫上來，樹林回到無知無識無關無係的日常神態，什麼都不曾發生過，都不承認發生過。無論是暗算還是被暗算，是來自敵陣還是友軍，同伴還是仇敵，應該是做還是不做，這樣做還是那樣做，這些種種讓我們煩惱和追究不止的事項，哎，將軍卻是都不再放在心上了。

他什麼也不再想，不去想，就這麼耽湎在冰寒的泥雪裡，感到了從來沒有過的輕鬆，一種懈下任務，對誰和什麼都不須再負責任的解脫和釋放。

沉陷在沒身的泥濘裡，好像臥睡在家裡的軟床上——他第一次有家，還是夫人細心布置出的呢——裹著乾淨又蓬鬆的新婚的被褥，那裡是多麼的和平和安全，臥睡在她的身旁，蜷伏進她的身子裡，在戰爭暫停的春天的夜晚，藏躲在那一個滑黯又密封的，柔軟又溫熱的世界，貼身地偎抱著吮吸著，永遠不想不要再出來。世上的幸福原就不持久不屬於，現在安安穩穩地被裹脅在比死亡還寒冷的泥濘裡，倒是一點都不在乎了，在放棄的昏酣中，任由樹林和沼淖和夜，一味親密地吞沒了。

五、樹杪百泉

敘述在這裡停止，餘音落入河的深底，說故事的人和聽故事的人都沉默起來，一時很寂然。然後像從什麼遙遠的地方轉回神來，將軍恢復常態，笑著說：

「妳這女娃兒，跟男孩一樣好強呢。」

「不更好嗎？」懷寧仍不服氣。

將軍拍拍女兒的頭，安慰地笑著，「是的，更好。」

「不過，」將軍說：「我得和妳告別了。」

懷寧驚，「為什麼？」

「妳看，」將軍指向岸，「因這桃花就要開了呢。」

不知什麼時候船身已經靠近桃林的岸邊，映著月色的坡地上，千萬株桃樹鋪陳著銀白色的枝幹，累聚著飽滿的花蕾，推展著俊秀的姿勢，迤邐著如夢似幻的層次，等待著即將到來的春雨，就要綻放出一片胭脂紅。

這是難逢的盛會，可不能錯過的。

將軍並腳，馬刺鏗鏘，向懷寧行了漂亮的軍禮，展齒而笑，一轉身，斗蓬飛揚，掀出金色的緞裡。

懷寧拉長視線，努力追隨背影消失的方向，卻在遙遙的江面看見出現一個白點，往這邊移動過來。

一隻巨大的白鳥，伸展著碩長的翅翼飛臨。

什麼鳥，航行在這夜的江面？

鶴嗎？

不是，是鷺鷥。

一時翱翔，一時俯身低掠，隨船滑行，懷寧一路從船尾追到船頭。

如同依依的送別，還是慇勤的祝福，在頭頂匝飛數回，從容滑過船身，兩三聲長嘯拖迤著清脆的迴音，以完美的姿勢劃出結束的休止號，消失在鬱亮的天空。

輕煙從水上飄來，冥合兩岸，形成夜的穹幕，完成了憂鬱的認知過程。

夤夜，懷寧醒來，黑暗中聽見河面淬響如碎銀，下雨了。

林中夜雨，樹杪百泉，山林一座座復活了，四周幽幽地響起。兩岸傳來禽獸的呼喚——是猿麼？臨近又遙遠，幽長又清亮，一聲續一聲，在來回的回應和迴音中，懷寧又睡著了。

雨靜靜打在黛青的屋瓦上，沿著瓦簷順著滴漏，打在樓臺旁的相思樹上，打在青石臺階邊的芭蕉葉上，響起了細細的為故事完結而起的掌聲。你伸出手，一挲一挲的雨，細細打在掌心。

第二天早上醒來，枕邊已經沒有雨落在水上的聲音，她聽見的是風在吹，船板和窗框撞擊，輕輕地碰響，然後她覺得風向自己吹來，覺得身體在風中展開，而風透澈地穿過她，繼續向前吹去。

從她的視野可以望及的方向，很遙遠又很鄰近的那座樹林也被風吹開了，林木的華蓋，從過去到現在到未來，有一片晶熒的光點等待著她醒來，不呈傳說中的金黃，而是一種曖曖內含精彩的灰顏色，好像是月暈的凝聚還是繁星的竄聚。是的，它們在林頂穿梭飛躍，在枝葉間搓梭出颼颼的聲響，然後如同一簇流星，一片月光，一截截負著月光的河水，以目眩的速度飛掠過林端，完成任務，消失在視覺的底線。

最後的積雪從樹杪娑娑地落下，從生靈的手指撒下，撒在萌芽的杪欏，含苞的杜鵑，常青的藤蔓和苔蘚，和一叢叢蔓延蔓延，蔓延到迴廊底下和庭園地面的羊齒上。

楠木地板潮濕了，藤椅把手上的手掌滋潤了，雨洗之後的青瓦比青瓷還溜亮，沒有更濃飫、更艷麗的各式各樣的綠顏色，現在重新又從前邊的庭院裡依偎過來了。

羊齒搓摩著細緻的葉子，伸展婀娜的身姿，什麼花的香味始終留連，哎，除了梔子以外還有什麼花，能夠這樣忠心一路伴到尾的呢。

在風中輪廓搖擺，疆界移動。衝鋒，陷陣，埋伏，暗算，背叛，棄離；水域，山崗，坡原，谷壑，沼淖，樹林。

庭園，迴廊，梭羅，蔦籮，杜鵑，梔子，芙蓉，棕梠，紫荊，九重，橄欖，木棉，合歡，大王椰子，千層油加利，繼續不止地增長和擴充和匯聚，終究要交織出一片盛大豐美的綠顏色。

六、歡宴

從什麼地方傳來，這熟悉的香味？扶著S形的扶梯把手旋轉著下樓，走過迴廊這頭的廂房，長長的穿堂，推開門。

香氣迎面，爐灶上正烘烤著酥餅，熬著小米粥，燉著雞湯，每一樣都裊裊騰騰地冒著煙氣呢。啊，怎麼忘記了，香味還會從哪裡，自然是只有從這廚房來的。

一隻手托著，另一隻手放在這隻手的下面，為的是要接著那不經意間翛翛翻飛起來的，一層層一片片像雪花像落花的皮屑，和水晶玫瑰餡的甜香。

庭園的青石板路濕漉漉的，腳踏車通身掛著水珠，用塊乾布把座墊和把手抹乾了，書包在後座箍緊，從後門推出來，嗯，便當盒可記得帶了？再用手探探書包罷。

青色的巷面，青色的門牆，青色的瓦，一條巷子似醒又沒醒，巷頭的天空靜靜的還印著昨夜的青色的月痕。禿毛黃狗又在垃圾箱邊磨蹭了，老林蹲在巷口，身邊放著一桶肥皂水。

毛巾浸到水桶裡，拿出來揪乾，先從車身擦洗起，這是要一路擦洗到車輪的每一根鐵條都閃閃發光才行的，還一邊哼著歌，反來復去就是那幾句，望穿秋水，不見伊人的蹤影。腳踏車的輪子磕到小石子，叮呤呤車鈴自己響起來了。

大小姐早，老林抬起頭來笑著說。

早安，空中服務員說，機艙燈一時重新開亮。早安，各位乘客。

毛毯摺正，枕頭放好，伸轉一下腰身，活動一下頭頸，拉起窗遮。早安，青亮的雲層。早安，初昇的太陽。無風無雨無雪的藍色的天空超越一切現實在千萬尺以上，凡是過去了的都是不悔咎不追究的，因為藍色總是不容你辜負的。

餐車推在甬道上，機艙開始瀰漫起咖啡和茶的香氣。晶瑩的刀叉，透亮的玻璃杯，雪白的餐巾紙上嵌印著花紋，從雪亮的高壺傾出冒煙的熱水，隨著愉快的咕咕聲茶袋在玻璃杯內游出琥珀似的紋路，金紅色的液體握在手中，加鮮奶，輕輕攪一攪，變成濃腴的蜜紅，釋放出只有早晨新沖的奶茶才能有的酣香。

順著旋轉的樓梯旋轉著下樓，推開廚房的門，暖氣迎上前來，明淨的法蘭西長窗前他們對坐，茶杯爍著瓷光，杯面折著水光，各種食物的芳香瀰漫，忙碌又振奮的一天生活就要開始。

她披著織花披肩，他穿著毛背心，前者深灰，後者淺灰，顏色溫和穩定，內自含光。

現在風吹進庭院了，吹開前面列出的所有的樹木和花草，應風它們全數舒展開身姿，歡曳在窗玻璃上，燦爛地完成了背景的繪置。

他們進入畫面，加入結構，融入脈絡組織，動勢中的靜勢，騷動中的安寧，繽紛中的簡潔。一切華麗是他們的陪襯和拱衛，他們是兩株奇卉，卓越的主題。

從數萬尺高空降到數千尺，漂雲底下乍現島嶼在海洋中的位置，上漲的潮水正在為島岸鑲打漂亮的花邊。機身傾斜滑過綿延的山脈和丘陵，蜿蜒的河流和湖泊，錯綜的稻田和阡陌，晒穀場晒衣樓，天線電纜電桿，鐵路公路街道車輛和行人，還有樹林和樹林，無處不在的樹林，高高低低疊疊重重的綠色接續綠色和綠色的樹林。這景象使她長出眼睛，喧譁生出耳朵，氣味生出鼻子，然後衍生出手腳，有了骨骼和經絡，流動起血液。

一群鷺鷥從林梢騰起，兩腳併成一直線，平行展開巨大的雙翼，以雪白的人字形狀和她一起飛行在流動的地圖上。

【附錄：經典版後記】

再幻想——金絲猿的故事經典版小註

《金絲猿的故事》二〇〇〇年由聯合文學第一次出版，成書後自己再讀，深覺第四章經營得不妥當，多年來一直想修改它，現逢聯合文學出經典版，正好動筆。

這一章，〈每種認知過程都是憂鬱的——日誌〉，原來寫的是人物馬懷寧的入山旅程，以日誌方式進行敘述，文中收錄了不少有關華夏西南歷史地理風物傳說等資料，和一個一廂情願的尋猿而見猿的結局。

現在保留原章正題，副題「日誌」及內容全刪，新寫三場戰役取代，改副題為：百重崗之戰，雪花，和林淖。原本中有關金絲猿的生態描述，用得上的都轉去第一章，由筵席賓客們在酒酣耳熱中引介，用不上的索性都捨了。這麼改動，一是盼能消除資料彙輯的斧鑿之痕，一是想脫離在當代文學中已為人知的生態環保議題。從聯合文學總編輯王聰威先生通知將再版小說的去年春天開始，一改再改十數遍而不止，卻是努力在剔除字裡行間的不必要的熱情和其他各種 nonsense。

大局變動，細節自然也得隨之變動，與其說是修訂，不如稱之為再幻想，而在重新編造故事的過程中，對寫者的我來說，越發領悟了一件事——文學無它，就是文字。

原載於二〇一二年聯合文學經典版

【附錄：經典版序】

物色盡，情有餘——李渝《金絲猿的故事》

王德威

《金絲猿的故事》是作家李渝在新世紀之交所出版的一部小說，時隔十二年後重新修訂問世。如果只就情節、人物而論，新舊兩版幾乎沒有差別，但風格卻有明顯不同。李渝所謂的修訂何止停留在文字的潤飾訂正而已，她所投注的精力已經幾近改寫。

李渝的作品量少質精，早已經贏得讀者的尊敬。她重寫《金絲猿的故事》，顯然對這個故事情有獨鍾。藉著一則有關中國西南森林中有關金絲猿的傳奇，李渝回顧上個世紀中期以來的家國動亂，也思考救贖種種創傷的可能。更重要的，她對金絲猿傳奇的敘述，直指她對一種獨特的書寫美學與倫理的省思。金絲猿因此成為一個隱喻，既暗示歷史盡頭那靈光一現的遭遇，也點出書寫本身所帶來的神祕而又華麗的冒險。

1

《金絲猿的故事》篇幅並不算長，所要講的故事卻不簡單。一九四九年國民黨撤退臺灣，身經百戰的馬至堯將軍開始後半生的退隱生涯。敗軍之將，何以言勇？將軍韜光養晦，極力彌補過去的缺憾。他的原配曾經為了另一種政治信仰棄他和幼子而去，再娶的妻子成為他最大的寄託。夫人像極原配，貌美貞靜，歌喉婉轉，生下乖巧的女兒。偏安的歲月竟然成就了將軍宜室宜家的夢想。

島上日子卻不能完全如人所願。亞熱帶的低壓迴旋糾纏，在將軍地中海式宅第的迴廊角落，在草木蔥蘢的庭院深處，禁忌騷動，慾望滋長，而且一發不可收拾——就像那恣肆展開的羊齒葉莖。將軍家裡有了綺聞。

對李渝而言，這纔是故事真正的起點。主義信仰的爭奪，國家政權的遞嬗，兵馬倥傯的征戰，千山萬水的流亡，效忠與背叛，前進與撤退，多少嚮往，多少悵惘，逼出一次又一次歷史危機的臨界點。而時過景遷，李渝的將軍竟是在至親的私密關係裡，驟然領會歷史最曲折的報復與創傷。

李渝的筆鋒一轉，又寫到三百年前中國西南曾經發生的天國聖像事件，以及三百年以後事件的重演。將軍的一生功過比諸三百年的興亡動亂，又要如何論斷？而一切的大歷史，還有大歷史裡種種個人恩怨，最終竟凝聚成一則所謂的金絲猿傳奇。

金絲猿渾身閃閃金毛，像披著「金大氅」成群結隊，不離不散，從林間頂端越過時，閃閃爍爍，「連成一片金光，夢裡一樣。」更稀奇的是金絲猿有一張藍色的臉，善發人聲，居然「嘴角還會笑」，不啻是「人間至寶」。

有心的讀者可以從李渝的敘事追蹤出將軍和狩獵金絲猿的關係。但我認為這不是她的本意。金絲猿稀有珍貴，來去無蹤，甚至帶有一絲詭譎氣息，是李渝小說裡只可意會、不可言說的核心——謎樣的核心。藉著金絲猿的閃爍出沒，故事情節層層展開，此起彼落、若即若離，形成微妙的網絡。就此，李渝不再斤斤計較傳統敘事的起承轉合；她要召喚的是一種互緣共生的想像，一種只宜屬於詩的抒情境界。

而這裡也正埋藏李渝看待歷史的態度。二十世紀中國的動亂曾經帶來太多傷痛，各種各樣的言說，無論左右，都企圖找尋脈絡，給出「說法」。但歷史千絲萬縷的因果哪裡能夠輕易釐清，交織其中的個別的生命悲歡更不容一筆勾銷。李渝彷彿從金絲猿那片閃爍的金光看出了什麼：在那絕美的不可捉摸的剎那，啟悟發生，情懷湧現，「故事」展開。

李渝有意以金絲猿的故事作為她個人理解歷史的方法。小說裡的將軍征戰多年，殺戮重重，辜負也被辜負了太多。唯有在退守臺灣，經歷了至親之人的背叛與羞辱，將軍痛定思痛，乃至豁然開朗。晚年的將軍有女兒馬懷寧為伴，回顧往事，恍如昨世：「散漫的點滴連成片段，接續成記事，一件事領出另一件事，情節引發出情節，環生出應答的細節，呈現了連貫意識……以為忘了的許多都記了回來，汩汩漫漫湧出如細流的水泉。」

更重要的，將軍的回憶彷彿述說他人的故事。「又驚險，又奇異，又壯麗，又纏綿，種種妙質由他成為說者，退去旁觀的局外，反倒欣賞到了。」將軍審視自己前半生的功過，娓娓道來，從而理解，從而包容。他竟然對發生在自己身邊的不堪也生出原諒的心：什麼是愛，什麼是恨？成全了別人，也就是成全了自己。於是，「他前半生的黑暗化成後半生的光明，使他的惡開出了花。」

訴說故事是將軍自己面向歷史、相互和解的方式，也是他自我救贖的開始。唯其如此，小說的後半部分才更為動人。多年以後，將軍故去，成年的馬懷寧旅居美國，卻在某夜「遇見」父親，得知將軍仍然有一樁遺願未了。懷寧回到臺灣，攜帶父親的骨灰深入當年鏖戰的現場。溯河迤邐而上，真相逐漸浮出：天國聖像顯靈的所在，身陷重圍的將軍，玉石俱焚的殺戮，百難解脫的抑鬱，多少是非恩怨來到了結的階段。迷離的山野，悠悠的河水，金絲猿的故鄉，懷寧見證往事，如真如幻，一切好了。也在這個時候：

「從她的視野可以望及的方向，很遙遠又很鄰近的那座樹林也被風吹開了，林木的華蓋，從過去到現在到未來，有一片晶熒的光點等待著她醒來，不呈傳說中的金黃，而是一種曖曖內含精彩的灰顏色，好像是月暈的凝聚還是繁星的竄聚。是的，它們在林頂穿梭飛躍，在枝葉間搓梭出颼颼的聲響，然後如同一簇流星，一片月光，一截截負著月光的河水，以目眩的速度飛掠過林端，完成任務，消失在視覺的底線。」

2

現代主義在二十世紀中國文學至少經過五起五落。一九二〇年代中期到抗戰前夕，李金髮、王獨清等提倡象徵主義詩歌，劉吶鷗、穆時英等引領新感覺派風騷，還有京派的朱光潛、梁宗岱等的美學實驗，為現代主義奠定基礎。抗戰中期，不論是後方的馮至、穆旦，上海的張愛玲，甚至延安的艾青、哈爾濱的爵青，都在現實主義的大纛下逆向操作，寫出幽深動人的作品。與此同時，臺灣從風車詩社到四十年代銀鈴會的活動形成平行脈絡。五、六十年代臺灣和海外的現代文學風潮銘刻了一個時代最複雜的「感覺結構」，時至八十年代大陸的尋根先鋒文學，則標榜又一波的現代意識捲土重來。

李渝所代表的現代主義創作奠基臺灣，成熟於海外，卻常被兩岸的文學史所忽視。與其他同在海外創作的同輩作家如白先勇、施叔青、叢甦等不同，李渝來美之後並沒有立即投入創作。六十年代末政治氣氛高漲，她與郭松棻等都投入了保釣運動。這場運動以擁抱祖國、投身革命始，以離去夢土、告別革命終。但對李渝等而言，戰事還沒有結束，戰場必須清理。政治的幻滅砥礪出最堅毅的創作情懷，過往的激情化成字裡行間的搏鬥。

論者嘗謂現代主義琢磨形式，淬鍊自我，昇華時間，因此與強調完成大我的革命理念背道而馳。但李渝這樣的作家卻是在經歷了政治冒險後轉向文學。他們的現代主義信念原來就和他們的政治烏托邦相輔相成，重回寫作之後，他們更多了一份過來人的反省和自持。歷史與形式不必是非此即彼的選擇；書寫就是行動。精緻的文字可以觸發難以名狀的緊張，內斂的敘事總已潛藏「惘惘的威脅」。

我們現在更明白《金絲猿的故事》何以要讓李渝一再述說。因為那不只是關於她父母一代中國人的故事，更是關於她自己這一代人的故事。我指的不是李渝寫出什麼「國族寓言」。恰恰相反，李渝毋寧將筆下的歷史事件作為引子，促使我們深入勘查「歷史」作為你我存在的狀態，還有歷史界限以外的「黑暗之心」。這歷史是血腥的，也是情色的；是理想的，也是混淆的——殺人無算的殘暴，壯志未酬的遺憾，方城之戰的喧譁，三輪車裡的誘惑，梔子花的幽香，水晶玫瑰加沙翻毛酥餅的鬆軟，迴廊傳來的歌聲，電影院散發的豔異光影……形成繁複的織錦，就像將軍宅第那塊眩人的波斯地毯。

是在這一晦暗的邊際上，現代主義敘事彷彿成為不可預測的探險，一場耗費心血的戰爭。李渝要如何運籌帷幄，理出頭緒，賦予組織，化險為夷，不只是形式的挑戰，也是心理的考驗。小說後半段李渝描寫將軍的伏擊狩獵，堅壁清野，奇襲突圍，「衝鋒，陷陣，埋伏，暗算，背叛，棄離；水域，山崗，坡原，谷壑，沼淖，樹林。」何嘗不是作家在文字裏的鏖戰？調動文字，組合象徵，「在風中輪廓搖擺，疆界移動。」將軍的冒險不妨是李渝自己的冒險。而如果我們知道九十年代末以來李渝個人生命的跌宕起伏，她筆下將軍的暴虐與溫柔、沉鬱與解脫就令人更心有戚戚焉了。

上個世紀末後現代主義、後社會主義的風潮曾經席捲一切。李渝一如既往，堅持自己的信念。從八十年代的《江行初雪》到九十年代《應答的鄉岸》，務求以最精準的書寫捕捉生命最不可捉摸的即景。告別革命啟蒙，無視解構結構，她像筆下的將軍一樣，以一顆「自贖的心」追記往事、返璞歸真。從大陸到臺灣到美國，從美術史專業到現代文學創作，從《紅樓夢》研究到民族風格畫論，這些年來李渝經過了大轉折，終將理解歷史就是她所謂的無岸之河，書寫故事無非就是渡引的方式。

由此來看，《金絲猿的故事》何必只是李渝持續現代主義的作品？由現代轉向古典，由彼岸回到此岸，由現實化出魔幻，連綿相屬，密響旁通，「乍看的紛雜混淆，零亂倏忽，無法預測掌握的突然和偶然，都自動現出了合理的秩序，在所有無非都變成為故事的這時，現出了它們的因緣和終始。」

我想到《文心雕龍》裡的話，「古來辭人，異代接武，莫不參伍以相變，因革以為功，物色盡而情有餘者，曉會通也。」物色：萬物感應，撼人心魄；色相流轉，情動詞發。一切生命形式奮起交錯、試驗創新有時而窮，唯有灰飛煙滅之際，純淨的情操汩汩湧現。驀然回首，你彷彿看到一種物體一閃而過，「如同一簇流星，一片月光，一截載負著月光的河水，以目眩的速度飛掠過林端，完成任務，消失在視覺的底線。」曖曖含光，悠然迴駐。是金絲猿麼？物色盡而情有餘，這大約是李渝的追求了。

原載於二〇一二年聯合文學經典版

國家圖書館出版品預行編目資料

金絲猿的故事 / 李渝著 . -- 三版 . -- 臺北市 :
聯合文學出版社股份有限公司 , 2025.07
200 面 ; 14.8×21 公分 . --（聯合文叢 ; 780）
ISBN 978-986-323-700-6（平裝）

863.57　　114008282

聯合文叢 780

金絲猿的故事

作　　者／李　渝
發 行 人／張寶琴

總 編 輯／周昭翡
主　　編／蕭仁豪
資深編輯／林劭璜
編　　輯／劉倍佐
資深美編／戴榮芝
業務部總經理／李文吉
發行助理／詹益炫
財 務 部／趙玉瑩　韋秀英
人事行政組／李懷瑩
版權管理／蕭仁豪

法律顧問／理律法律事務所
陳長文律師、蔣大中律師

出 版 者／聯合文學出版社股份有限公司
地　　址／(110)臺北市基隆路一段 178 號 10 樓
電　　話／(02)27666759 轉 5107
傳　　真／(02)27567914
郵撥帳號／17623526 聯合文學出版社股份有限公司
登 記 證／行政院新聞局局版臺業字第 6109 號
網　　址／http://unitas.udngroup.com.tw
E-mail:unitas@udngroup.com.tw

印 刷 廠／約書亞創藝有限公司
總 經 銷／聯合發行股份有限公司
地　　址／(231)新北市新店區寶橋路235巷6弄6號2樓
電　　話／(02)29178022

出版日期／2000 年 10 月　初版
2012 年 8 月　二版
2025 年 7 月　三版
定　　價／360 元

ISBN 978-986-323-700-6（平裝）